O ícone

Gary Van Haas

O ícone
A chave para revelações da era cristã

Tradução
Fal Azevedo

Título original: *The Ikon*
Copyright © 1999 by Gary Van Haas

Todos os direitos reservados. Nenhuma parte desta obra pode ser reproduzida ou transmitida por qualquer forma ou meio eletrônico ou mecânico, inclusive fotocópia, gravação ou sistema de armazenagem e recuperação de informação, sem a permissão escrita do editor.

Direção editorial
Soraia Luana Reis

Editora
Luciana Paixão

Editora assistente
Valéria Sanalios

Assistência editorial
Elisa Martins

Preparação
Diego Rodrigues

Revisão
Rosamaria G. Affonso
Candombá

Criação e produção gráfica
Thiago Sousa

Assistente de criação
Marcos Gubiotti

CIP-Brasil. Catalogação na fonte
Sindicato Nacional dos Editores de Livros, RJ

V297i	Van Haas, Gary
	O ícone / Gary Van Haas; tradução Fal Azevedo. - São Paulo: Prumo, 2008.
	Tradução de: The ikon
	ISBN 978-85-61618-55-1
	1. Ficção inglesa. I. Azevedo, Fal. II. Título.
08-4583.	CDD: 823
	CDU: 821.111-3

Direitos de edição para o Brasil:
Editora Prumo Ltda.
Rua Júlio Diniz, 56 – 5º andar – São Paulo/SP – CEP: 04547-090
Tel: (11) 3729-0244 – Fax: (11) 3045-4100
E-mail: contato@editoraprumo.com.br / www.editoraprumo.com.br

*Para Pavlina, Isabella e Michelle...
minhas três Musas.*

Ícone, eikón, ónos (grego) / s. 1. imagem pictórica. 2. imagem religiosa convencional, geralmente pintada sobre pequenos pedaços de madeira, usada para adoração na Igreja Ortodoxa.

— Dicionário Webster's

A Mercedes negra e brilhante parou, cantando pneu, à beira do precipício. Uma voz áspera e sem rosto gritou:
— Saia!
Senti o metal frio do cano de uma arma pressionado contra minha têmpora e fiz exatamente o que ele disse. Na escuridão abaixo de nós, ouvi o som das ondas batendo contra as pedras e senti minha sorte iminente.

Depois, sem aviso, um golpe duro me atingiu na nuca e meu cérebro explodiu em milhares de pequenos fragmentos caleidoscópicos, como pedaços de vidro colorido. Em minha confusão, a imagem de um espírito apareceu, apontando o dedo acusativamente; depois veio a beatífica visão de uma santa, brilhando em todo o seu esplendor. Mas, conforme a visão se aproximava, finalmente eu o vi... era o ícone... era o maldito ícone!

Prólogo

Lâmina contra lâmina em um alvoroço de aço cortante, repleto de elegância, a defesa produzindo fagulhas reluzentes. O som dos metais colidindo acompanhava a ação — em grande parte, tratava-se de um esporte reservado e silencioso, que exigia mais energia cerebral do que física. Equilíbrio, movimentos estudados, uma centena de opções estratégicas poderia preceder um golpe. Garth Hanson se sobressaía entre tudo aquilo, em seu elemento natural. O salão de esgrima todo de madeira era um antigo ginásio de esportes do Exército, localizado na base militar americana de Presidio, aos pés da ponte Golden Gate. Aqui, com confortável consideração, Hanson burlava os problemas do mundo externo. A esgrima oferecia um alívio para suas preocupações, especialmente quanto aos diversos credores de Sausalito. A simples lembrança disso dava um considerável impulso à sua espada, o que era demais para a distração de seus oponentes.

Antes um próspero pintor e dono de uma galeria, ele agora se encontrava diminuído em reputação, mas não fisicamente. Aos trinta e sete anos, era alto, de constituição média e músculos bem torneados. Os cabelos castanhos soltos e um tanto compridos, agora prematuramente grisalhos nas têmporas, a boa aparência e o sorriso sempre a postos haviam lhe rendido dois casamentos no passado, mas, pela graça de uma entidade superior, tais romances não tinham produzido filhos.

Os desastres estenderam-se por toda a costa da Califórnia naquele inverno, com chuvas torrenciais causando imensos desmoronamentos de lama e água que se transformavam, e à economia, em um dilúvio. Ninguém mais comprava arte. Estavam mais preocupados em consertar ou salvar suas casas e negócios.

A despeito das circunstâncias, ele continuava sendo membro do salão. Dívidas pagas ou não, ele merecia alguma honra, já que tinha trazido prestígio ao clube ao vencer o Campeonato de Florete do Norte da Califórnia nos últimos cinco anos.

Desceu das arquibancadas usando um traje branco de ofuscar, firmemente ajustado, que desenhava músculos e tendões, segurando confiante a luva e a máscara em uma das mãos e o florete na outra. Era sua vez na pista. O grito de *"touché"* à sua esquerda chamou-lhe a atenção. O clamor de vitória não foi o de triunfo polido, mas um zurrado de arrogância. Era um jovem tempestuoso em seus vinte e tantos anos, de cabelos loiros aparados e eriçados; o rosto era gravemente marcado por acne, provavelmente da época da adolescência.

Depois de censurar os juízes pela decisão contrária a ele, o jovem baixou a máscara novamente e continuou a lutar. Hanson estudou-lhe os movimentos. Ele tinha agilidade, assim como uma descontraída graciosidade. Com mais prática, poderia se tornar uma séria ameaça ao seu título. Seus ataques eram agressivos e habilidosos, às vezes desequilibrando o oponente. Sua defesa era arrogante, mas precisa. Em poucos segundos seu florete havia alcançado o número de toques necessário no oponente. Ele gritou, exultante, e arremessou a máscara descuidadamente ao chão. Havia ganhado a partida.

Em seguida, houve um breve aperto de mão. O tempo todo, ele parecia ignorar ostensivamente o fato de ainda estar usando a luva. Um sinal de maneiras extremamente hostis; nem a ignorância poderia ser usada como desculpa. Hanson caminhou até ele e foi saudado por um sorriso de reconhecimento e a mão enluvada estendida em amizade. Garth olhou para ele com curiosidade, mas não estendeu a mão em retribuição. O homem pareceu confuso e tentou manter a atitude animada.

— Hanson, certo? Primeira divisão de florete do ano passado?

— Isso mesmo. Eu o conheço de algum lugar?
— Na verdade, não. Mas ouvi muito a seu respeito. Importa-se de lutarmos uma partida rápida? Por cem pratas, digamos, para tornar mais interessante? — Ele imediatamente estendeu a mão enluvada para selar o acordo. — Quem sabe, você possa ensinar-me alguma coisa.

Hanson observou-o friamente, olhando para a mão enluvada.

— A primeira coisa que devo lhe ensinar, se é que já não sabe, é jamais cumprimentar de luva. É um insulto ao seu oponente.

— Certo, não fique nervoso — defendeu-se o homem, retirando a luva. — Topa por cem pratas? — Mais uma vez, estendeu a mão. Hanson colocou sua máscara e entrou na faixa de combate de dez metros.

— Vamos... — Hanson cumprimentou seu oponente e os juízes. Um pequeno grupo de espectadores juntou-se para assistir à luta.

— A propósito, meu nome é Andersen... Richard W. Andersen. Cara, falaram-me sobre você — disse, com um sorrisinho de desdém —, "um verdadeiro cavalheiro".

Hanson estudou momentaneamente o novo adversário, avaliando seu rosto bronzeado e juvenil. Ele tinha a aparência de um jovem profissional urbano que cunhava novas palavras para o dicionário. O cabelo cortado com elegância, mãos manicuradas, a compleição alta e atlética. Apesar de Hanson ter quase quinze quilos a mais que ele, o jovem possuía uma energia perigosa, quase agressiva. Andersen entrou na arena, baixou a viseira e ergueu o florete em saudação, depois se abaixou para a posição em guarda. O juiz principal assentiu, e logo suas lâminas se encontraram: a partida estava em andamento. O ataque inicial de Andersen foi poderoso e, de certa forma, previsível. Hanson defendeu várias estocadas débeis, seus olhos como *lasers* nos copos cromados da espada. Por experiência, sabia que, antes de a espada se mover, os copos indicavam sua direção. Isso sem mencionar a aguçada percepção dos movimentos corporais do adversário, identificando golpes iminentes como um sexto sentido. Hanson desviou-se calmamente, não fazendo nenhuma menção visível de atacar. O suor começou a brotar da testa de Andersen; sua respiração ficava mais difícil conforme ele renovava os ataques.

A partida inicial durou talvez seis ou sete minutos, e, a essa altura, uma considerável multidão havia se juntado em volta deles. Hanson subitamente partiu para o ataque, brandindo a espada, depois avançando o ataque para a sexta posição, parada e estocada. De repente, ele marcou cinco rápidos toques consecutivos no peito. No final, um aplauso satisfeito partiu da multidão.

— Cinco e *assalto*! — gritou o juiz mais velho, encerrando a partida.

Andersen tirou a máscara com raiva, sacudindo a cabeça, sem acreditar. Mas dessa vez, conscientemente, tirou a luva e caminhou para o meio da arena, para saudar o oponente.

— Seu filho-da-mãe... você é mesmo muito bom, não é? — disse, com um sorrisinho torto. Pegou sua sacola de cordão e tirou um rolo de notas de cem dólares, talvez cinco mil dólares ao todo. Um silêncio se abateu sobre a multidão quando Andersen calmamente tirou uma nota de cem e a enfiou na lapela de Hanson. Depois separou outras notas de cem — uma para cada um dos juízes. Desnecessário dizer que nenhum deles recusou.

— Não se preocupa em carregar todo esse dinheiro com você? — alertou Hanson.

— Sem problemas — respondeu Andersen, mostrando rapidamente uma pistola prateada dentro da bolsa. — Tenho minha colega, a senhora Smith & Wesson, sempre comigo. Escute, gostaria de conversar com você em particular. Vamos tomar uma bebida em algum lugar?

— Claro... Por que não?

Capítulo 1

A garoa tépida e impregnante havia parado lá fora. Com longos sobretudos abertos e mochilas a tiracolo, atravessamos o lance de poucos passos na frente do ginásio. O concreto da calçada ainda estava úmido, e a suave chuva do anoitecer dera lugar à névoa que vinha da baía, exalando um aroma suave de ar fresco.

Ambos estávamos vestidos casualmente: eu, de jaqueta jeans e uma calça Levi's gasta e desbotada. Andersen era mais conservador, de camisa de seda bege bem passada, jaqueta de couro marrom e calças Armani cor de canela.

Enfiei a chave na porta de minha Mercedes 450 SEL azul, modelo 1991. A velha Merc me parecia menos desejável à luz de sua iminente devolução; toda vez que entrava nela, surpreendia-me olhando em volta, procurando o oficial de justiça por cima dos ombros.

— Eu estava pensando no Vanessi's da Broadway...

— Tenho uma idéia melhor — disse Rick. — Ouvi dizer que você tem uma bela galeria em Sausalito. Estou procurando obras de arte; por que não pegamos uma bebida e vamos até lá dar uma olhada?

— Por mim, tudo bem. Assim fica difícil recusar.

Entrei no carro bruscamente e deslizei para trás do volante. Considerei a hipótese de Andersen ser gay. Mas, afinal, por que não tomar uma bebida entre amigos? Talvez ele comprasse um quadro e tornasse a conversa um negócio lucrativo. De qualquer maneira, poderia livrar-me dele se a coisa começasse a ficar esquisita.

Prendi o cinto de segurança. Andersen acomodou-se no banco do passageiro e o carro arrancou, levantando cascalho solto em seu rastro. Logo estávamos no trânsito intenso, e eu piscava o farol de neblina como uma defesa contra a névoa opressiva.

— Você não é daqui, não é, Richard? Senão, eu já o teria visto por aí. O sotaque me diz que é de Boston.

— Você é bom — ele sorriu. — Aposto que agora vai dizer minha idade, peso e altura. Certo? Ah, e pode me chamar de Rick. "Richard" é formal demais entre caras como nós. Tenho a impressão de que seremos ótimos amigos.

Precisei prestar atenção àquilo: por que esse cara já estava planejando nosso futuro?

— É, verdade, Rick — disse eu. — Então, o que o traz à Bay Area[1]?

— Estou aqui a negócios... antiguidades.

— Antiguidades? Parece interessante — sondei. — Ganha-se muito com isso?

— Hah! — ele soltou uma risadinha, sorrindo curiosamente para si mesmo.

Era estranho. Diante da minha pergunta, ele teve apenas essa reação e se calou; algo especialmente estranho para um homem que, até o momento, fora tão efusivo. Pensava nisso ao nos juntarmos à longa fila de lanternas traseiras cruzando a imensa Golden Gate. Uma chuva leve caía, impelida pelo ar quente que se erguia da baía. Os limpadores de pára-brisa pareciam hipnóticos enquanto Andersen permanecia sentado feito uma esfinge, olhando fixamente para as luzes da cidade piscando a distância. Liguei o rádio para quebrar o silêncio, procurando cuidadosamente os sons suaves de George Benson. Então, Andersen acordou de seu estado de espírito como se algum dispositivo elétrico tivesse sido ligado novamente.

— Sim, o dinheiro grande está nas antiguidades... — disse ele, inesperadamente. — Gastam-se fortunas com isso. Obras clássicas: é o que todo mundo quer hoje em dia. Melhor do que o mercado de ouro, porque ele flutua demais.

---

1 – Bay Area — A região da baía de São Francisco. (N. E.)

A chuva ficou mais pesada, por isso aumentei a velocidade do limpador de pára-brisa, que batia como um metrônomo ecoando o ritmo do meu coração.
— Suponho que esteja falando de grana alta.
— Você nem imagina... Na casa dos milhões.
— Bom, acho que eu não estou nesse grupo — respondi, desviando da água espirrada por um caminhão de combustível que passava rente a nós, na pista do meio.
— Nunca se sabe. Ainda há um monte de obras boas de todo tipo a ser encontradas na Grécia e na Itália. Fora do comércio legal, é claro. Não há necessidade de envolver o governo nisso. É muita burocracia. — Andersen estava começando a desembuchar quando terminamos de cruzar a ponte e viramos à direita, em direção a Sausalito.
— É meio arriscado, não é? Já fui à Grécia e eles têm leis muito severas. Cristo, pode-se pegar uns anos de cadeia só por fumar um baseado!
— Digamos apenas que temos um jeito fácil de fazer as coisas. Além disso, há muitas obras lá fora que a maioria dos governos não conhece. Há um grau de risco em tudo o que se faz na vida... — Andersen não concluiu a frase; nesse momento, ventava bastante, enquanto descíamos a colina rumo às luzes da civilização.

Sausalito era um daqueles subúrbios calmos, de grande afluência e atrativos incomuns. Parei em frente a uma loja de bebidas, e Andersen foi até lá; momentos depois, voltou com duas garrafas de Chivas-Regal.

Ao nos aproximarmos de minha velha casa vitoriana azul e branca, acionei o sensor no painel, iluminando os ângulos da casa que davam para o mar e uma fileira de altas palmeiras que beiravam a longa calçada de concreto.
— Bela casa — disse Andersen, visivelmente impressionado.
— Estilo vitoriano, da virada do século. É de muito bom gosto.

— Sim... se eu puder ficar com ela — murmurei, apertando o controle remoto da porta da garagem.

— Ah, sim, suas dificuldades financeiras. Tinha esquecido isso.

De algum modo, eu sabia que ele não esquecera, e que estava me conduzindo para algo; algo lucrativo, sem dúvida, mas de natureza muito duvidosa.

Ao abrir a porta lateral da casa, digitei alguns números para desarmar o sistema de alarme e o conduzi até a espaçosa sala de estar onde guias de luz cobriam o teto. De modo geral, minha cuidadosa decoração era bem-concebida, pensei, e evocava um vago sentimento de aconchego, embora as paredes fossem todas brancas. Havia sofás modulares, colocados em volta das mesas de latão trabalhado com tampo de vidro, e piso de parquete intrincado de imbuia e carvalho. A sala ganhava vida com uma variedade de plantas tropicais florescentes espalhadas. Achei que a folhagem verde luxuriante parecia suavizar a formalidade e o contraste do resto da decoração, com as altas palmeiras nos cantos, como sentinelas em guarda, em grandes vasos de cerâmica.

— Nada mau — disse Rick, olhando em volta. — *Um homem de posses e bom-gosto*[2], não?

— Quanto às posses, pode esquecer. Volto já; vou pegar os copos na cozinha.

A imensa cozinha *french nouvelle* sobressaía na escuridão por uma abertura sem porta, com potes de cobre alinhados nas paredes, guarnecidos por um arco decorado com um motivo rococó.

Andersen enxergou o *lounge* adjacente. Havia um laptop aberto em uma velha escrivaninha, perto de uma impressionante lareira de alabastro. Rick pressionou um pedal de metal e descobriu que ele acendia a lareira a gás, que veio à vida instantaneamente,

---

2 – Em inglês, *A man of wealth and taste* — referência a um verso da canção "Sympathy for the Devil", dos Rolling Stones. (N. E.)

produzindo um brilho aconchegante pelo cômodo pouco iluminado. À sua esquerda estavam as únicas aberturas externas: as duas *bay windows* desproporcionais, com vista para o mar e para a baía, com um telescópio de latão montado em um tripé. Ele espiava para fora quando voltei trazendo o uísque, em dois copos de cristal de fundo pesado.

— Acho que não dá para ver grande coisa esta noite. — Entreguei a bebida a Andersen.

— Tem razão... mas não estou aqui por causa da paisagem.

— Verdade... Então, para que está?

— Bem, onde estão os quadros que ia me mostrar?

Apontei para a passagem em arco ligeiramente iluminada pela luz da sala de estar. A fraca luz do crepúsculo era filtrada pela clarabóia de Perspex. As pinturas que cobriam as paredes pareciam buracos negros, formas uniformes de retângulos indistintos, diferindo em largura e altura. Iluminei o cômodo girando um botão.

— Ahhh... — suspirou Andersen. Havia pinturas de El Greco, Ticiano, Frans Hals, assim como contemporâneos como Chagall, Soutine, Matisse e Monet. — Sua coleção particular?

— Isso mesmo.

— Bem, você não deveria ter nenhum problema financeiro com isso tudo em sua posse. Vejo uma fortuna aqui.

— Só há um problema... eu os pintei como estudos, para aprender as técnicas e materiais dos artistas.

— Brilhante! Justamente o que me disseram — disse Rick, sacudindo a cabeça, maravilhado, enquanto seus olhos procuravam as assinaturas em cada uma das telas com pesadas molduras douradas.

— Hum... ele não disse "eles". De quem está falando?

— Digamos apenas que são os meus associados — ele tirou um longo e fino charuto panamenho de uma caixa prateada e o acendeu.

— Então, na verdade, nosso encontro não foi casual, foi?

— Na verdade, não — respondeu Andersen, com um sorrisinho perturbador se formando em sua boca, enquanto seus olhos me encaravam intensamente.

— Certo, que droga está havendo aqui?

— Ei, calma! Relaxe, está bem? Vou fazer uma oferta, e você pode aceitar ou não. Mas acho que vai aceitar, já que está fodido financeiramente.

— Estou ouvindo.

Engoli meu uísque e, em seguida, fui para o bar na sala de estar. Andersen me seguiu, acomodando-se em um dos grandes e estofadíssimos sofás marrons perto da lareira crepitante. Servi outra dose e sentei-me de frente para ele; a luz do fogo projetava um brilho misterioso pela sala.

Rick inclinou-se para Garth, em tom de conspiração:

— Agora, quero lhe contar uma historiazinha...

A luz crepitante do fogo criava sombras macabras nas fissuras de seu rosto, mudando suas feições. Havia nele algo de sinistro, quase diabólico.

— Eu trabalho com itens extremamente valiosos e muito raros — confidenciou, tragando longamente o charuto. Ele falava devagar, de um jeito deliberadamente confiante. — Sabe que museus no mundo têm falsificações penduradas em suas paredes hoje em dia?

— Claro, até os especialistas em testes de datação de carbono têm problemas de autenticação.

— Muito bom...

— Ah, entendi... Então é nisso que está pensando? — Levantei-me da poltrona, em protesto. — Bem, procurou o cara errado.

— Espere um pouco, espere um pouco, droga. Sente-se. Ainda não terminei — Andersen insistiu. Decidi ouvir o que ele tinha a dizer, por via das dúvidas, então acomodei-me de novo para escutar o resto.

— Estou falando de cinqüenta mil dólares! — Andersen me cutucou. — Além de umas férias incríveis nas ilhas gregas, que soube que você conhece muito bem. Aposto que não pode ir este ano, com todos aqueles credores rastejando atrás do seu couro, não?

Maldito filho-da-mãe. Comecei a me perguntar se havia alguma coisa que esse cara não soubesse a meu respeito.

— Isso é uma brincadeira, certo? — disse eu, apesar de a idéia de cinqüenta mil dólares ter me causado um golpe e tanto no plexo solar.

— Ah, posso garantir que não — continuou ele, tragando o charuto. — Míconos... — ele fez uma pausa. — Você costumava passar o verão lá. E Tinos, você conhece?

— Claro, bem ao lado de Míconos.

— Sabe algo sobre a Igreja da Virgem? A que chamam de Panagia Evangelistria?

— Sim, já ouvi falar.

— E sobre o Ícone de Tiniotissa, o suposto ícone dos milagres?

Respirei fundo.

— Aquele ícone... você deve estar louco. É um tesouro nacional e vale uma fortuna. Só as jóias valem milhões, para não falar no ouro e na prata.

— Sim, um dos tesouros mais inestimáveis do mundo antigo.

— Você é maluco, cara... Não quero conhecê-lo. Sabe o tipo de segurança que existe em volta daquela coisa?

— Não se preocupe com isso. Esse é nosso trabalho — assegurou. — Por acaso é o seu passado religioso que o incomoda agora?

— Não, é só que eu soube de coisas estranhas. As pessoas alegam que há algum tipo de poder sobrenatural protegendo o ícone.

— Você não acredita nessa merda, acredita?

— Só sei que foi escrito e documentado. Alguns anos atrás, seis cientistas foram estudar a maldita coisa e acabaram morrendo misteriosamente.

— Sei... como o rei Tut, não é? — ele riu. — Não estou lhe pedindo para roubá-lo. Só peço que vá a Tinos e me faça uma cópia dele.

— E o que o leva a pensar que farei essa cópia?

Andersen apagou o charuto, e um largo sorriso de gato Cheshire espalhou-se pelo seu rosto:

— Bem, devo dizer-lhe que sou o orgulhoso dono de alguns Chagall que você vendeu para a Kearney Galleries alguns anos atrás. Acontece que o diretor é um velho amigo meu e contou-me tudo a seu respeito.

— O que mais sabe sobre mim, Andersen? — eu estava começando a entender a coisa.

Ele sacou um pequeno livro preto do bolso da camisa e começou a ler em voz alta:

— Vejamos... Você ia se tornar padre, mas seu pai morreu e então você mudou de idéia; decidiu que seu "chamado" estava nas artes. Foi para a Faculdade de Arte e Design da USC[3], depois trabalhou na luxuosa Sorbonne, em Paris. Tornou-se um pintor minimalista muito conhecido na Califórnia por um tempo. Vendia bem no começo e começou a viver uma boa vida, com carros esporte, limusines e lindas mulheres. Isso, é claro, até seu sócio ser pego tentando entrar em Seattle com quarenta toneladas de maconha num avião fretado, quatro anos atrás. Acho que ele pegou cinco anos por aquilo. Estou certo?

— Ei, quem diabos é você? É da CIA ou algo parecido? Eu não sabia porra nenhuma daquela confusão até sair nos jornais, no dia seguinte.

— Sabemos disso... mas você ainda era um menino mau, Garth. Parece que, para poder manter seu alto estilo de vida e pagar as contas, você ficou meio desesperado. Então, vendia supostas pinturas dos grandes mestres como arte original. Mas na verdade, você as pintava, não é?

— Aonde quer chegar?

---

3 – USC — University of Southern California, ou Universidade do Sul da Califórnia, em Los Angeles. (N. E.)

— É muito simples, meu amigo: se não fizer o que queremos, podemos colocá-lo na cadeia por fraude de obras de arte.

— Filho-da-puta! — Levantei-me, batendo meu copo na mesa, e apontei um dedo trêmulo na cara de Andersen. — Foi para isso que veio aqui? Para me chantagear?

— Tem razão, sou um filho-da-puta. Mas pelo menos sou um filho-da-puta rico, que está lhe oferecendo cinqüenta mil dólares por um serviço simples.

— Como vou saber que não vai querer me chantagear de novo depois? — perguntei, andando nervosamente pela sala.

— Sabia que perguntaria isso. Tomei a liberdade de comprar todos os Chagall do meu amigo. Não se preocupe, eles serão devolvidos a você assim que terminar o trabalho.

— Como posso ter certeza de que os devolverá?

— Sabia que perguntaria isso, também. — Ele puxou um papelzinho do bolso da camisa. — As telas estão sendo mantidas como garantia no Wells Fargo Bank, na Market Street, com instruções para que você as pegue. — Ele me passou uma cópia do contrato original. — O truque é: nenhum de nós pode pegá-las se o outro não estiver presente.

— Parecem legítimos — disse eu, examinando os documentos —, mas como vou saber se não vai me matar em seguida, para me calar a boca?

Andersen deixou escapar uma risadinha e ficou em pé.

— Ora, ora... você parece estar desconfiado demais para um criminoso insignificante. Acredite, tudo o que quero é o ícone. De qualquer jeito, do meu ponto de vista, você não tem escolha. Só preciso dar um telefonemazinho e você ganha uma nova residência em San Quentin. Hoje em dia, imagino que você pegue dois, talvez três anos por fraude de obra de arte.

— Merda — resmunguei, finalmente percebendo a inutilidade de resistir. — Está bem... Está bem, porra. O que você quer, *sangue?*

Andersen não disse nada, apenas sacou o talão de cheques e começou a preencher.

— Isto deve dar para o começo, para comprar passagens de avião e despesas cotidianas. Depois, providenciarei mais.

— Ele destacou o cheque rapidamente e o deu para mim sem pestanejar.

— Quinze mil dólares? — perguntei, de certo modo aliviado. Pelo menos eu poderia relaxar quanto a meus credores por algum tempo.

— E veja... — piscou Rick. — Você tornou as coisas escrotamente difíceis para nós. Certo, estou dando o fora, colega... acho que nos entendemos, não? — ele foi para a porta da frente.

— Quer que eu chame um táxi?

— Não é necessário. Pedi que meu motorista me seguisse, para o caso de algo dar errado. — Rick entregou-me seu copo. — Entrarei em contato — disse, fechando a porta.

Fui até a janela e notei uma longa limusine branca estacionando no meio-fio. O céu estava limpo e uma lua amarelo-clara espiava através das nuvens. Abri a janela, perdido em pensamentos. Uma brisa fresca e úmida soprou da baía, trazendo consigo o ácido aroma de algas e água salgada.

Senti-me estranhamente absolvido. Afinal de contas, eu deveria apenas fazer a cópia da imagem, não roubar a maldita coisa. Mal sabia que estava entrando em algo muito maior do que aquilo pelo que negociara. Uma inacreditável sucessão de eventos mudaria minha vida para sempre — e deixaria milhões de outras vidas despedaçadas em seu rastro.

Capítulo 2

À luz da manhã, enquanto o avião voava suavemente sobre Míconos, a vila parecia tão pura e calma quanto um convento. Casas cúbicas de um branco resplandecente e pequenos domos vermelhos e azuis das igrejas se enfileiravam ao longo da praia rochosa, dando a sensação de completa tranqüilidade. Ainda que escondidos do meio do labirinto retorcido de ruas e becos lá embaixo, eram os bares e cabarés que faziam de Míconos uma das noites mais badaladas do mar Egeu.

Essa imperturbável ilhazinha havia se tornado famosa no mundo todo como o refúgio da alta sociedade e de uma população de gays exibicionistas — um popular destino de férias para turistas procurando por diversão, vindos de todos os cantos do globo.

O sol matinal queimava na passarela de asfalto ao desembarcarmos do pequeno avião de vinte lugares. Uma vez dentro do pequeno terminal, um mal-humorado oficial da alfândega examinou brevemente minha bagagem e fez-me sinal para passar.

Lá fora, uma desordenada multidão de turistas irritados se empurrava e se acotovelava em uma longa fila de espera por táxis inexistentes. Eu já havia freqüentado a ilha e sabia exatamente o que fazer — driblar a multidão e acenar para um táxi em movimento na rua.

Um velho e amistoso motorista de táxi parou. O velho pegou minhas malas e jogou-as no porta-malas quebrado, amarrado com um pedaço velho de fio de telefone.

Descendo a rua estreita a caminho do famoso resort de Paradise Beach, não pude deixar de me perguntar em que havia me metido: certamente, é sempre bom estar em Míconos, mas eu tinha naquele momento um mau pressentimento sobre a viagem.

Passar pelos vastos trechos estéreis de rochas inóspitas apenas agravou minha melancolia. "Preciso me animar", ficava dizendo a mim mesmo. Ao virar uma esquina nos arredores de um vilarejo, vimos um grupo de pessoas reunidas, vestidas de preto, movimentando-se ao redor de uma carroça puxada por um cavalo.

— O que é isso? — perguntei ao velho motorista.

— *Pethani*... um homem morreu — ele respondeu com indiferença, apontando para o céu.

— Quem diria — resmunguei, afundando de novo no banco, mais deprimido do que nunca.

Chegar ao topo da montanha trouxe algum alívio. Era uma visão esplêndida e envolvente de vastas extensões de areia branca acentuadas por um mar azul-turquesa, luminescente. Mas, por alguma razão, flagrei a mim mesmo desinteressado, olhando inexpressivamente para as rugas da parte de trás do pescoço queimado pelo sol do motorista.

Eu havia caído em depressão e sabia que tinha de dar um jeito de sair dessa. Afinal de contas, aqui estava eu, nas ensolaradas ilhas gregas. O que mais poderia querer?

A estrada que levava a Paradise Beach era rústica e ventosa, com montes de pedras e pedregulhos soltos. O tipo de estrada em que você não gostaria de viajar à noite. Uma grande nuvem de poeira marrom seguia o táxi cinza barulhento e castigado pelo tempo enquanto descíamos pela encosta da montanha.

Finalmente, ao chegar à praia, demos de cara com uma extensão de seiscentos metros quadrados de faiscante areia branca, abarrotada de pessoas nuas ou seminuas tomando banho de sol. Nas redondezas, havia duas tabernas improvisadas de bambu e madeira e um bar lotado.

Paradise era o refúgio das pessoas mais viajadas, relaxadas e importantes da alta sociedade. A maioria era de heterossexuais, mas não havia regras específicas. Entretanto, um pouco adiante, na

Super Paradise, as coisas eram bem diferentes. Nessa praia, podia-se tropeçar em praticamente qualquer coisa, de sexo oral explícito a sodomia nua e crua. Em Míconos, dizem "Viva e deixe viver", e esta era a atitude geral aceita tanto por locais quanto por turistas.

Freddy, o animado e barbudo proprietário do resort, veio correndo me saudar enquanto o táxi passava pelo portão de entrada, onde ele alugava quartos e barracas na área de acampamento. Espontâneo e vivaz para um homem de sessenta anos, Freddy transformara o local, antes desolado, em uma das praias mais populares do mundo.

Ele deu um sorriso largo, me abraçando enquanto eu escalava para fora do táxi:

— Garthy... é bom vê-lo de novo — disse ele, me envolvendo e me beijando com afeição nas duas faces.

— Ei, calma aí, Freddy. Guarde esse seu jeito *pousti* para os seus amigos da Super.

— Ah, sempre engraçadinho — ele riu, pegando minhas malas.

— Então, onde está o irlandês maluco?

O rosto de Freddy desmontou.

— Aquele *malaka*... ele me deve dinheiro de novo! — fumegou, apontando para a praia, onde risadas estridentes partiam de um grupo sentado na taberna. Era meu velho amigo, Eugene, dando uma de suas famosas festas de escritório. Essas supostas "festas de escritório" consistiam em uma penca de cadeiras e mesas onde ele e seus colegas se juntavam para beber, jogar e planejar novos golpes para arranjar dinheiro. E, é claro, tendo como paisagem mulheres nuas esparramadas na areia branca e quente da praia.

O "negócio do dia" era recrutar novos clientes para seus infames "Cruzeiros do Pileque", nos quais Eugene trabalhava em parceria com um pescador grego chamado Dimitri. Dimitri era um camarada robusto, trabalhador, confiável e extremamente agradável, dono de uma escuna pesqueira bastante grande e descascada. A escuna era tudo para eles, e, quando não estavam bêbados, de algum jeito conseguiam levar os mais aventureiros para passar o dia todo bebendo e farreando nas ilhas.

Esses supostos cruzeiros exclusivos foram criados para fornecer uma exceção à regra e incluíam um dia de navegação pela costa, com piqueniques e churrascos em uma das praias remotas da ilha. O preço do cruzeiro era apenas oito mil dracmas[4] por cabeça e incluía um almoço básico de frango com batatas assadas, saladas e todo o uzo[5] e vinho que você conseguisse beber. Eugene lucrava muito com essas excursões, após as quais seus passageiros, infelizmente, sofriam de carteiras vazias e ressacas terríveis.

Eugene era um irlandês troncudo e carismático, alguns anos mais velho que os meus trinta e sete anos, mas, com sua barba vermelha crispada, nariz sardento e olhos azuis claros, parecia muito mais jovem.

Era um homem que parecia levar a vida na flauta, e conseguia passar por seus momentos mais difíceis com rara tranqüilidade, jamais perdendo o equilíbrio ou o humor. Ele tinha um quê de *leprechaun*, e havia uma espécie de inocência no modo como sorria. Podia-se chamá-lo de trambiqueiro ou de palhaço, mas, debaixo disso tudo, Eugene era uma alma sensível e gentil, com um coração de ouro.

Estava dançando em cima da mesa, equilibrando uma taça de uzo na cabeça, provocando risos, quando me viu e acenou para mim. Pulou, girou a taça no ar meticulosamente, pegou-a sem derramar uma gota e bebeu. Juntei-me a ele em sua mesa atravancada, repleta de cinzeiros derramados com bitucas amassadas, pratos vazios e garrafas de vinho — restos do "dia de trabalho".

— Ei, meu velho, que bom ver você aqui — disse ele, dando-me um grande abraço de urso.

---

4 – Como este romance se passa antes da adoção do Euro, o autor se refere ao dracma como a moeda oficial da Grécia. (N. E.)

5 - Uzo: licor de anis de origem grega. (N. E.)

— Então, como vão os negócios nesta temporada? — perguntei, servindo-me de uma taça de vinho *retsina*.
— Não tão ruins. Tem sido uma boa temporada. Já tenho vinte belezinhas escaladas para o cruzeiro de amanhã — respondeu, esfregando as mãos e sorrindo libidinosamente. Ele aproximou-se do meu ouvido: — Mas quero falar com você sobre algo muito mais interessante. Vamos dar uma volta...

Passeamos pela praia até um trecho tranquilo, onde ele parou, tirou um livreto do bolso de trás do short e o estendeu para mim. Na capa, havia apenas uma palavra impressa em letras douradas: "Connoisseur".
— Quer dizer que encontrou algo mais interessante que mulheres? — brinquei, folheando as páginas. Era uma edição especial mostrando uma coleção de vasos da Grécia antiga; contornada com marcador vermelho, havia a foto de uma ânfora de vinho particularmente bela.
— Está vendo isso? — Eugene estava radiante. — Essa jarrinha trouxe mais de vinte mil pratas para a Christie's na semana passada. Dá para imaginar? Vinte mil! Raios, eu e Dimitri sabemos onde há dúzias dessas belezinhas, só esperando serem escavadas.
— E o que tenho a ver com isso?
— Bem, rapaz, vou colocá-lo nessa porque você é o único em que podemos confiar ou com quem podemos contar agora. Você também sabe mergulhar. O velho Dimitri consegue comandar um barco, mas não entra na água nem para salvar a própria vida.
Olhei para ele boquiaberto, sem acreditar.
— Quer dizer que o louco daquele marinheiro filho-da-mãe ainda não aprendeu a nadar?
— É, meu amigo, eis os gregos! Mas vai ser moleza, meu chapa. Dimitri nos leva até o local, perto de Delos, como se fôssemos turistas, para um passeio, a fim de apreciar a paisagem. Aí, quando a costa estiver livre, nós corremos pela lateral e pegamos os

jarros. Se houver qualquer problema, Dimitri joga um pequeno sinalizador na água e voltamos sem nada, como se estivéssemos apenas nadando ou coisa assim.

Ele falava como um garoto que acaba de descobrir o golpe perfeito.

— Estou dizendo, é moleza, cara... Mamão com açúcar.

— Já tenho outro projeto por aqui.

Eugene pareceu desapontado, como se eu o tivesse decepcionado pela primeira vez.

— Vamos lá, cara. Onde está seu espírito? Sabe, o velho espírito de aventura que costumávamos ter antigamente. Não vai me deixar na mão agora, vai? Depois de tudo o que passamos?

— Não sei... E para vendê-los?

— Bah, não se preocupe com isso — ele voltou a falar com fervor. — Dimitri vai usar seus contatos em Rodes, depois nós repartimos os lucros em três.

A palavra *não* era, obviamente, desconhecida para ele.

Mais dinheiro. Certamente era tentador. Mas a maneira como ele havia planejado a coisa provavelmente poderia ser desmontada sem muita dificuldade. Disse a ele que pensaria a respeito e contei sobre o acordo que fizera com Rick em Sausalito, a respeito do ícone. Andamos até uma velha taberna, onde havia uma sombra convidativa sob toldos listrados de azul; ali, contei-lhe o resto da história. Éramos próximos o bastante para que eu confiasse nele, pois, ao longo dos anos, trocáramos confidências sobre quase tudo, desde mulheres até negócios. Eugene pareceu gostar da situação lucrativa em que eu me envolvera com Rick e propôs um brinde:

— Vamos beber às nossas novas aventuras e a outras por vir.

De volta à taberna, puxamos duas cadeiras em volta da mesa de tampo de mármore branco e chamamos um garçom.

— *Ena kilo retsina*, garçom. Do barril, *par-a-ka-lo*.

Ele pronunciou a palavra grega equivalente a "por favor", com ênfase deliberada em cada sílaba, como um turista falando grego enrolado, apesar de ser bem fluente quando queria.

— Meu *filo* aqui vai pagar — acrescentou, com uma piscadela. — Agora vamos relaxar e beber em homenagem a todas aquelas moças nuas lá fora, que vão nos ajudar a gastar o dinheiro.

Eu estava observando uma grande escuna de dois mastros que chegava à praia enquanto conversávamos. Era uma linda embarcação, de aparência brilhante, com duas moças maravilhosas enroladas nos ombros do capitão, ao leme. O barco tinha quase sessenta pés de comprimento, uma verdadeira escuna oceânica, se é que já houve alguma. Mais uma vez, percebi que era necessário dinheiro para se viver bem neste mundo, e eu não queria ficar para trás.

A promessa de uma nova aventura e, obviamente, muito vinho, libertaram o espírito de Eugene. Em nosso caminho de volta à cidade, ele dançou e cantou doces baladas irlandesas em voz alta, até chegarmos à Praça Mavrogenous — o principal ponto de táxi da cidade, flanqueado por tabernas e cafés ao longo do porto, cheias de locais e turistas de todos os cantos da Terra.

Eu sabia que estávamos encrencados quando entramos no Kosta's Café e Eugene abordou o balconista.

— Tenho uma moedinha aqui — ele sorriu, jogando-a para o ar. — Que me diz?

Por sorte, o balconista não prestou atenção a ele, porque obviamente já o conhecia; Eugene estava em Míconos havia muitos anos, e, quando se é um trambiqueiro numa ilha pequena, as notícias espalham-se rápido.

Felizmente, a maioria de nós já o conhecia. Puxei-o, e, assim que fiz isso, ele avistou dois gregos sentados no canto, movendo peças pretas e brancas sobre um tabuleiro de *tavli*, o gamão grego. Então, notei seu olhar: Eugene não pôde se conter e insolentemente desafiou o vencedor. O cara era tão viciado em apostas que jogava por qualquer coisa, só por jogar: de um copo de uísque ao próprio relógio, se não tivesse dinheiro vivo à mão.

O vencedor grego lançou-lhe um sorrisinho matreiro, mostrando alguns dentes podres e quebrados.

— Dez mil dracmas ao vencedor! — vociferou em inglês macarrônico.

Dez mil dracmas davam menos de cinqüenta dólares americanos. Parecia uma aposta inofensiva.

— Combinado — respondeu Eugene. — Prepare-se, bonitão.

Sentei no bar e beberiquei uma cerveja enquanto eles jogavam, assistindo ao desfile de irlandeses e turistas passando pela porta. Um velho amigo me viu e me cumprimentou com um sorriso animado. Ian Hall era um escritor que havia visitado Míconos por muitos anos. Era um lobo solitário e, apesar disso, um observador perspicaz da natureza humana, mas, por questões de foro íntimo, mantinha esse fato para si mesmo. Costumava andar com o chefe de polícia local, motivo pelo qual nós não andávamos com ele.

Ian era magro, estava no fim da casa dos cinqüenta e sempre se comportava como um cavalheiro, vestido como o fidalgo que realmente era, usando cardigãs e elegantes echarpes de seda por dentro de suas camisas impecáveis e feitas sob medida.

Ele arrastou um dos bancos do bar para perto do meu e falou numa voz baixa e suave:

— Você ouviu as novidades sobre John, meu velho?

John Ralston era um conhecido em comum, um artista que ganhava a vida pintando cenas das ilhas locais. Tinha a reputação de ser excêntrico e, também, um exibicionista — por isso, dificilmente ele faria algo que nos surpreendesse.

— Dizem que, num completo delírio, o pobre sujeito quebrou todas as janelas do estúdio dele. Destruiu tudo. Aparentemente, está convencido de que algum tipo de feitiço ou maldição recaiu sobre ele. Levaram-no de avião até Atenas na semana passada, para se tratar com um psiquiatra.

— Você está brincando? — o sol intenso e o calor do verão da Grécia podiam fazer coisas estranhas com as pessoas. Até onde eu sabia, John nunca havia saído de Míconos. Mas supus que, após tanto tempo lá, a monotonia do lugar pudesse afetar qualquer um. Especialmente depois de trinta anos.

— De qualquer forma, ele não está bem. Não tomava mais banho, não cortava mais o cabelo e nem fazia a barba — disse Ian, em tom sóbrio. — Pensamos que fosse só *delirium tremens*, mas ele não melhorou. Ninguém parece saber exatamente o que aconteceu com ele. Suspeito que pode ser alguma forma de doença mental. Deve ter sido isso o que o afetou. Pensamos que ele poderia se matar, então o tiramos daqui em uma camisa-de-força bem rapidinho.

Eu estava chocado. Ralston bem podia ser considerado maluco, mas tinha um quê de gênio também. Era uma infelicidade ver alguém como ele acabar em um sanatório. Ian deslizou para o outro lado do balcão, pegou duas Metaxa e colocou as garrafas em cima do tampo de mogno escuro.

As notícias sobre Ralston nos deixaram pensativos. Ian tirou seu cachimbo do bolso interno do paletó de linho cor de canela, abriu o saco de um tabaco *Dutch-blend* muito cheiroso, comprimiu algum fumo na abertura do cachimbo e apoiou seu cotovelo preguiçosamente no balcão. A cada baforada, a fumaça doce e aromática serpenteava pelo ar, carregada de lembranças e reflexões. Era triste que John tivesse que nos deixar daquela forma. Lembrei-me de muitas ocasiões felizes que passamos juntos falando sobre pintura e sobre a vida — sem mencionar as festas nos cruzeiros de Eugene. Ian parecia estar em um mundo só dele, pensando sobre essas coisas também.

Na mesa de *tavli*, Eugene ganhara a primeira rodada e pediu outra, rolando os dados numa espécie de abandono apressado. Ele devia ter acabado de aumentar a aposta, porque estava com aquela expressão bastante familiar de júbilo no rosto.

Em seguida, enquanto eu bebia meu conhaque, uma curiosa quietude tomou conta da sala.

— Bem, bem, bem, o que temos aqui — um cara sentado perto de mim comentou.

A visão realmente tinha seus encantos. Ela era alta, com longos cabelos pretos que caíam até sua cintura. Uma beleza grega clássica, se é que já houve algo assim. Andava com a confiança e a graça da realeza, como se consciente de que todos os olhares estavam pousados nela.

— Quem diabos é essa mulher? — sussurrei.

— Esqueça o que está pensando, garotão. Ela é uma daquelas *inconquistáveis*. Esteve por aqui a maior parte do verão, mas até onde sei é muito reservada. Acredite em mim, não há um só homem na ilha que já não tenha tentado.

Eu não prestava atenção. Meus pensamentos estavam muito à frente, muito além do que ele dizia; meu olhos estavam fixos na mulher. Fosse ela quem fosse, devia ter sido criada pelos deuses.

Seus traços eram mais que delicados; nariz reto, olhos de um azul-turquesa intenso, lábios cheios e vermelhos.

— Afrodite está viva e bem, morando em Míconos — Ian brincou, matando o finzinho do meu conhaque. — De qualquer forma, lembre-se do que eu lhe disse.

Levantei, resolvido a olhar mais de perto. As meias-luas de ouro penduradas em suas orelhas cintilavam a luz do sol quando ela se movia pelo salão. Ela estava de frente para mim, acompanhada por um bando de belos jovens gregos que pairavam em volta dela, elogiando-a. O sol fazia as correntes douradas penduradas sobre seu profundo decote brilharem contra a blusa de seda preta. Ela me pegou olhando-a fixamente e virou a cabeça de forma arrogante, como se eu estivesse invadindo sua privacidade. Obriguei-me a olhar para outra coisa.

Eugene ainda estava inclinado sofregamente sobre o tabuleiro de *tavli* e não havia notado a mulher. Mas, quando dei outra olhada, ela estava vindo em minha direção com graciosas passadas. Suas longas pernas bem-feitas, sobre sapatos de salto alto de cetim, moviam-se de forma fluida, quase flutuando sobre o chão. Pude sentir seu caro e delicioso perfume conforme ela se aproximava. Mas seus olhos brilhantes e azuis da cor do mar Egeu passaram direto por mim.

— Bem, Ian — disse ela —, onde é que você anda se escondendo? Não o tenho visto pelas cortes ultimamente.

Fiquei ali parado ao lado deles, como um imbecil interiorano que nunca havia visto uma mulher na vida. Ela roçou de leve em mim, e, enquanto fazia isso, senti que o copo de conhaque escorregava da minha mão. O líquido espirrou em sua calça.

— Oh, meu Deus, desculpe-me — tateei o tecido molhado, que aderia às pernas dela.

Ela me encarou, depois sorriu, como que percebendo meu embaraço. O sorriso tornou seus traços mais doces.

— Você se importa de me dar um guardanapo?

— Pois não — respondi, indo para trás do balcão. Pensei que meu *faux pas* podia não ter sido a melhor das apresentações, mas pelo menos dera algum resultado.

— Nenhum grande dano foi feito — disse ela, esfregando o guardanapo molhado —, mas parece que você precisa de uma bebida.

— É, acho que sim. Você também precisa de uma. — Ofereci uma dose de uísque puro a ela. Enquanto estava atrás do bar, notei que ela me observava com mais que apenas um toque de curiosidade.

— Ian, meu querido — disse ela —, apresente-me ao seu gaguejante amigo.

Ian me apresentou com sua formalidade de sempre:

— Garth Hanson, californiano, pintor, esgrimista, homem de negócios e ex-padre. Multitalentoso, posso acrescentar.

— Linda Heller — disse ela, estendendo a mão fina adornada com anéis de ouro e diamantes. — Que história é essa de ex-padre?

— Foi há muito tempo — respondi, segurando sua mão e seus dedos delgados. Ela os recolheu, enquanto nossos olhos permaneciam em contato.

— Então você é um pintor e um homem de negócios... Creio que deveria ter vivido durante a Renascença.

— Do jeito que as coisas vão, bem que eu gostaria.
Ela ergueu as sobrancelhas em um arco inquisidor.
— Já que é pintor, você conhece John Ralston?
— Sim, conheço, e senti muito ao saber de seus problemas.
Ela me interrompeu de modo frio.
— Todos nós sabíamos que John tinha um quê de maluco religioso... Bem, e quanto a você?
— Deixei o serviço religioso quando tinha vinte e poucos anos.
— Posso perguntar o que o possuiu para fazer uma coisa dessas? Quero dizer, ingressar na carreira religiosa...
— Minha família me pressionou a fazer isso.
— E o que o deteve?
— Bem, se você quer mesmo saber, meu desejo era me tornar um artista. Mas não quero falar sobre isso...
— Ah, vamos lá, não seja tão sensível. Isso parece interessante. Você precisa me contar mais da sua história algum dia desses.

Nossa conversa terminou de forma abrupta, quando Eugene começou a falar alto na mesa de jogo.
— Maldição! Um "dois" e um "um"? Sem chance, cara!
Ele movia suas peças tão rápido que suava. Eu sabia que Eugene estava na merda, porque naquele momento o grego grandão torcia calmamente seu bigodão preto. Os dados voavam para trás e para a frente em velocidade controlada; as peças de alabastro faziam barulho em seus encaixes, como trens de carga atravessando velhas pontes suspensas de aço. Uns poucos interessados em gamão se juntaram ali em torno do tabuleiro só para ver Eugene levar uma sova no jogo. Ele estava ficando nervoso e gritou para o garçom lhe trazer outra vodca, sem perder a concentração.
— Você tem um duplo "seis", um "dois" e um "um"... foda-se! — disse Eugene, jogando sua cadeira para longe da mesa e acertando uma pilha de peças. Ele se levantou e avançou com

raiva para o balcão, encarando seu oponente e murmurando:
— Maldito grego desgraçado!
Tentei acalmá-lo.
— Vamos lá, camarada. É só dinheiro — consolei. O suor escorria por seu rosto avermelhado.
— Tá certo, cara... Mas, se esse cara descobrir que eu não tenho mais nada, vai me arrastar lá pra fora e quebrar a porra das minhas pernas! Pior ainda, vai cortar minhas pernas fora e dar para os tubarões. Dá para me ajudar um pouquinho a sair dessa?
— Porra, como é que você vive se metendo nessas encrencas? Já disse que eu preciso pagar minhas contas. Além disso, o banco já fechou.
Subitamente, o grego grandalhão levantou-se, olhando de forma suspeita para Eugene. O sorriso do homem desapareceu rapidamente enquanto ele se movia e agarrava Eugene pela garganta — e foi então que começou o inferno, com garrafas e cadeiras voando para todo lado. Ian e eu corremos imediatamente para salvá-lo, tentando separar os dois, mas o brutamontes era forte como um touro. Bati nele com uma garrafa de Metaxa, não adiantou. Ele estava tão determinado a estrangular Eugene que mal sentiu. Enquanto isso, o rosto de Eugene ia ficando azul por causa da falta de oxigênio. Mas o grandão parou imediatamente quando Ian disse algo em grego a ele sobre os tiras. O resto dos clientes gregos do bar fizeram com que ele se sentasse num canto e tentaram acalmá-lo. Eu me sentia velho demais para aquela merda toda.
Linda apareceu pouco depois e pousou um braço tranqüilizador em meu ombro.
— Parece que seu amigo tem um probleminha.
— Tem sim, e a coisa é feia. Aquele maníaco é conhecido por aqui por ser um matador.
— Como assim? — perguntou ela.
— Ele trabalha para o matadouro local.

— Ah, entendi — o sorriso desapareceu de seu rosto e ela demonstrou preocupação. — Olhe, eu gosto de vocês, meninos — disse, acenando para Eugene. — Quanto o Homem de Neandertal precisa para desaparecer?

Eugene hesitou. Não gostava de divulgar seus problemas financeiros para estranhos.

— Olhe, senhorita, isso não lhe diz respeito.

— Tá certo, mas você vair morrer se esses caras quebrarem seu pescoço, não é? Eu não quero que isso aconteça. Então, vamos lá: quanto custa para tirar seu pescoço da guilhotina? — Eugene e eu estávamos ambos intrigados, imaginando por que, vinda do nada, essa mulher estranha queria se envolver naquela confusão.

— Hum, oitenta mil dracmas? — gaguejou Eugene.

Ela já havia aberto sua bolsa e estava contando uma pilha de notas de dracma. Fosse Linda quem fosse, certamente não era alguém com problemas financeiros.

— Aqui está — disse ela, por fim. — Setenta e nove, oitenta. Pegue. Considere um empréstimo. Pague depois, do jeito que quiser. — Ela estendeu rapidamente o bolo de notas para ele.

O grego nos olhava de um canto, com a avidez de uma hiena faminta. Eugene foi audaciosamente até onde estava o sujeito, atirou o dinheiro na cara dele e saiu andando. O homem recolheu as notas soltas que caíram no chão, lambendo os lábios enquanto contava o dinheiro. Ele tinha um rosto duro e áspero, olhos profundos com pupilas negras e sem vida — o olhar vazio de um homem que aparentemente não tinha uma consciência e que matava animais para viver.

Eugene voltou ao balcão para tomar uma bebida com Ian, enquanto eu falava com Linda.

— Isso foi muito decente de sua parte — disse a ela. — Você nem conhece o Eugene.

— Tenho dinheiro e gasto como bem entendo. — Havia uma confiança relaxada na atitude dela. — Não se preocupe,

Garth. Não conheço seu amigo, a não ser pelo que ouvi sobre seus "cruzeiros da pesada". Mas confio em minha intuição.

— Quaisquer que sejam suas razões, obrigado. — Inclinei-me e beijei suas faces; um sorriso de apreciação tomou conta de seu rosto.

— Não precisa agradecer — disse ela. — Mas você pode me pagar uma bebida mais tarde, no Dubliner. Digamos, umas dez horas?

— Pode anotar na agenda, senhora Heller.

Ela se virou e sorriu para mim enquanto se dirigia para o passeio. Havia um brilho violeta no pôr-do-sol que pareceu envolvê-la num halo místico de luz. O céu do fim de tarde havia se tornado cor-de-rosa, e as pequenas luzes penduradas nos barcos no porto brilhavam como estrelas de prata. Observei-a até que desaparecesse na calçada pavimentada. Seria uma longa espera até as dez.

Capítulo 3

Míconos é diferente de todas as outras ilhas gregas. Os freqüentadores habituais da ilha variam entre o grego simplório da vila até os ricos do *jet-set*, passando pelos viajantes de classe média e seus pacotes turísticos de férias de duas semanas. Aqui em Míconos, você também encontrará riquíssimos mediterrâneos donos de iates sentados ao lado de mochileiros descalços. A ilha é conhecida, no verão, como o parque de diversões dos mais escandalosos e exibicionistas homossexuais e também por ser um ponto de parada para os sofisticados passageiros dos navios de cruzeiro, que aproveitam o dia livre para excursionar pelas trilhas de observação da paisagem.

Míconos é a jóia da coroa do arquipélago das Cíclades, uma maçã sedutora no Jardim do Éden grego. A vila cubista de Míconos é uma parte extraordinária disso tudo: uma brancura profunda e vívida contra o azul profundo do mar. As ruas pavimentadas serpenteiam por labirintos de colunas e arcos; as casas absolutamente brancas parecem apoiar-se umas nas outras, as sacadas de madeira debruçadas sobre buganvílias e hibiscos. Ao final de cada curva das ruas, o mar faísca num convite.

À luz do dia, a vila brilha como feira marroquina, as fachadas das lojas e seus balcões enfeitados com arranjos de mantas, cortes de tecido e tapetes. O porto é demarcado por uma fileira de cafés e tavernas confortáveis, com mesas dispostas debaixo de toldos coloridos. Mas à noite, quando os reflexos violeta, cor-de-rosa e magenta do pôr-do-sol nas paredes brancas se vai, o labirinto das ruas se enche de sombras misteriosas. E, claro, não há quem não goste de se sentar em uma das tavernas do cais para bebericar um copo de uzo, licor espesso e de sabor forte, enquanto os últimos resquícios dos raios dourados do sol transformam o anoitecer em um completo encantamento.

"Um pouco de uzo para molhar os lábios", Eugene gosta de dizer toda vez que entra em um bar. Ele se aproxima do barman, pega sua moeda da sorte e tira cara ou coroa pela bebida.

Cada um de nós tinha um bar favorito. O meu era o Piano Bar; o de Eugene era o Dubliner Pub. Naquela noite eu torcia para que ele ficasse longe de encrencas. Nem é necessário dizer, eu queria Linda só para mim. Enquanto entrava, não me dei conta de como estava nervoso. O rock tocava muito alto e na pequena pista de dança eu via o mesmo pessoal da praia dançando e se divertindo.

O gerente do bar, Spiro, era um velho amigo e me cumprimentou com um sorriso aberto, como se soubesse de alguma coisa.

— Estou procurando por uma mulher — Linda Heller. Você a conhece?

— Ah, cara... você está sempre procurando por uma mulher. — Ele girou os olhos e sorriu; a cabeça careca e a barbicha pontuda combinadas lhe davam vagamente a aparência de um bode.

— *Nai Nai*, eu conheço a senhorita Linda, a modelo. Mulher muito misteriosa. — Spiro inclinou-se para sussurrar em meu ouvido: — Ela tem aquelas grandes tetas americanas, não tem? Ei, você já andou comendo ela? Sim? Não?

Esse era um cara que eu conhecia havia anos e que sempre fora uma ótima fonte de informação — um grande fofoqueiro —, mas dessa vez ele tinha passado dos limites.

— Vá cuidar da sua vida, Spiro — disse eu, indo para uma mesa longe dele.

Por sorte, no mesmo momento, Linda chegou. Ela era uma verdadeira visão, vestida de branco; a encantadora saia de seda creme flutuava à sua volta quando ela se movia, o que lhe dava um ar etéreo. Ela parecia mais bronzeada à luz do anoitecer, com o cabelo mais preto do que eu me lembrava e usando jóias que dariam inveja a Ivana Trump. Estendeu sua mão com uma chamativa pulseira de diamantes. Tomei-a gentilmente e a beijei.

— Vamos para um lugar mais calmo, ali no canto — disse eu. Depois de nos sentarmos, acendi a vela que estava no globo vermelho de vidro sobre a mesa antiga. A pequena chama cuspiu faíscas e reluziu, emprestando um brilho rosado ao seu rosto. Ela parecia fresca, jovem, bem no meio da casa dos vinte. Pediu um martíni com limão e acendeu um cigarro.

— Há quanto tempo você é modelo? — perguntei. Ela respondeu de forma vaga e evasiva. Notei que todas as respostas que dava às minhas perguntas eram descompromissadas. Talvez ela fosse apenas uma moça esperta que gostasse de fazer jogos estúpidos. Spiro estava certo: ela era mesmo misteriosa.

— Não trabalho quando estou em Míconos. Apenas relaxo e me divirto — afirmou ela, de um jeito bastante assertivo. Deu outro gole na bebida, imersa em pensamentos, girando a azeitona verde distraidamente com sua unha pintada de vermelho vivo.

— Você conhecia bem o John? — ela me fitou com muita atenção, mas seus olhos exóticos estavam velados, como se guardassem algum segredo obscuro e ilusório.

— Ele era um amigo; pintávamos juntos às vezes. Tenho muito respeito pelo trabalho dele como pintor de ícones.

— Você acha que ele ficou louco de verdade?

Eu ri.

— Ah, qual é, John sempre foi uma figura. Mas maluco? Cristo, não estamos todos nós vivendo em um mundo louco? Realmente não acredito que ele seja nem um pouquinho mais louco que o resto de nós.

— Dizem que ele acreditava estar amaldiçoado, ou algo assim… — Deliberadamente, ela deu uma tragada longa e lenta em seu cigarro, esperando por minha resposta.

— Sob alguma forma de feitiço do mal, você quer dizer?

— Exatamente — ela esmagou o cigarro no cinzeiro e tirou algo de sua bolsa. — Leia isto.

Senti meu estomago embrulhar tão logo bati os olhos naquele recorte de jornal, mas tentei não demonstrar surpresa. Peguei-o de sua mão e li em voz alta:

O Ícone de Tiniotissa é conhecido por realizar curas milagrosas aos que têm fé... Inúmeros doentes, enfermos e deficientes vêem ao seu santuário todos os anos buscando pela bênção da Virgem... O ícone é adorado e reverenciado desde a Antiguidade como algo que abriga a presença divina, originalmente vinda dos santuários de Poseidon e Asclépio, deus da cura.

— Não entendi — dei de ombros, devolvendo o papel cuidadosamente dobrado. — O que isso tem a ver com Ralston? Você está sugerindo que isso tem relação com a loucura dele? — Observei seu rosto por um momento. Era uma bela máscara esculpida.

— Não exatamente — respondeu ela —, mas sei que ele fez algum tipo de acordo com um homem de uma comissão importante para fazer algo para a Igreja de Panagia Evangelistria. Foi depois disso que ele começou a ter problemas de saúde.

— Bem, ouvi que os problemas dele se deviam às bebedeiras.

— Talvez.

— Convivência demais com os baladeiros de Míconos, penso eu. Mas ainda não entendo por que ele ficou doido desse jeito, destruindo a própria casa. Afinal, era um sujeito afável. Mas já chega dessa conversa. Quero saber mais sobre você.

Ela não disse nada, mas pareceu fitar o espaço com os olhos vazios, como se tivesse acabado de se lembrar de alguma coisa. Conforme a música ficou mais alta, com a batida de "Brown Sugar", dos Stones, a pista de dança ganhou vida. Resolvi terminar a conversa.

— Estamos perdendo uma música boa. Quer dançar um pouco?

— Claro — respondeu ela, levantando-se da cadeira.

Peguei sua mão e a levei para a pista. Seu longo cabelo, negro como as penas de um corvo, lembrava uma longa capa ao balançar;

a saia flutuava livremente, revelando as pernas esbeltas e bronzeadas. Sentia-me bem por estar ao seu lado; era como se houvesse um certo desafio e uma sensação de mistério indecifrável no ar.

Talvez por causa do calor ou das doses duplas de tequila ouro, cambaleei um pouco enquanto a levava para fora da pista de dança. Nós nos sentamos à mesa; ela rapidamente pediu outro martíni e, em seguida, mais dois. Se tentava se equiparar a mim, estava se saindo muito bem. Depois de uma hora, achei que era o momento de nos separarmos. Àquela altura do campeonato ela estava falando atrapalhado e trançando as pernas. Infelizmente cometi o erro de rir sobre isso com o garçom e seu humor se tornou sombrio.

— Do que você está rindo? — perguntou ela. — Não me diga que agora o padreco está me julgando?

Metade de seu cigarro ainda estava queimando no cinzeiro. Ela deu uma longa baforada e o apagou.

— Não gosto de ser motivo de riso, entendeu?

— Ah, merda... vamos lá, Linda. Não estou julgando ninguém. Fique fria.

— Vocês, homens, são todos iguais, uns babacas — seus olhos pareciam vidrados e selvagens. Ela alcançou o copo vazio e o golpeou, estilhaçando-o em mil pedacinhos.

— Estou indo embora. — Ela se levantou abruptamente e saiu pela porta.

Paguei pelas bebidas e saí do bar apressado atrás dela, que andava rapidamente pela rua. Um de seus saltos havia se quebrado, e, quando ela parou para tirar o sapato, aproveitei a chance para me aproximar.

— Deus do céu, Linda, será que você pode se acalmar?

— Dê o fora.

Peguei-a pelo pulso.

— Que diabos há de errado com você?

Ela tentou se desvencilhar, mas fui firme. Obviamente ela não sabia beber, mas eu não iria deixá-la se safar. Havia uma porção de perguntas sem resposta. Então, com a mão que estava livre, ela voltou-se para mim.

— Deixe-me ir, seu babaca! — ordenou.

— Linda, você bebeu demais — disse eu, liberando seu braço.

— Pensei que fôssemos amigos.

— Amigos? — riu ela. — Dá um tempo. Você nem sabe o que está acontecendo.

Segurei-a firmemente pelos ombros e a virei para mim.

— Agora explique, que porra isso quer dizer: como assim eu não sei "o que está acontecendo"?

Em vez de responder, ela cuspiu em mim. Senti a saliva morna escorrer pela minha bochecha.

Puxei-a para mim e colei sua boca na minha. Primeiro ela tentou me morder, depois nossas línguas fizeram contato e ela desistiu. Sua boca estava agridoce por causa da bebida. Senti seu corpo amolecer enquanto nós nos beijávamos com paixão. Ela respirava com dificuldade. Puxei sua cabeça para trás pelo cabelo, encarando seus encantadores olhos azuis.

— Então havia alguma brasa sob as cinzas, afinal — sussurrei.

Sem aviso, sua mão atingiu meu rosto inesperadamente. A dor foi cortante, e, enquanto eu tentava recobrar a compostura, ela corria pelas pedras do calçamento de novo, segurando o salto quebrado.

Segui-a o mais disfarçadamente que pude. As ruas estavam escuras e iam se tornando mais estreitas conforme se afastavam do porto. Eu podia ouvir o barulhinho de seu único sapato nas pedras, mas logo perdi qualquer sinal dela. Depois de procurar pelos becos por dez minutos, vi-a logo depois de uma esquina, subindo uma escada. Fiquei na sombra, para que ela não me visse, e acompanhei-a até que desaparecesse atrás da parede baixa de um pátio. O número raspado no lado do prédio era um "9". Anotei-o mentalmente. Tinha certeza de que me lembraria das escadas estreitas e da parede coberta de trepadeiras.

Um aroma de jasmim pairava pesadamente no ar da noite. Fiquei por um longo tempo no escuro, pensando no que fazer. Linda estava só fazendo um joguinho comigo ou era mais uma bêbada solitária perdida por aí? As paredes brancas fechavam-se em volta de mim, enclausurando-me como uma sepultura. Pensei no ícone, na minha viagem pendente para Tinos, em Ralston e na maldição que teria se abatido sobre ele. Talvez eu também estivesse louco em pensar que me safaria ao fazer uma cópia do ícone. Copiar o Ícone de Tiniotissa era brincar com os deuses, era o que se dizia, mas resolvi ir a Tinos assim mesmo. Afinal, lá eu pelo menos poderia descobrir o que acontecera a John.

Capítulo 4

A viagem para Tinos foi tranqüila, por mar, na pequena balsa chamada *Ios*. Ainda que eu não estivesse oficialmente a trabalho, precisava me afastar das distrações de Míconos para ver as coisas sob uma nova perspectiva. Não contei a ninguém, a não ser a Eugene, para onde estava indo.

Sentei-me no deque do barco e bebi uma xícara pequena de café grego.

A bruma do amanhecer estava apenas começando a fazer as ilhas ao longe desaparecerem. Elas pareciam pairar sobre o mar como navios-fantasmas; Paros e Siros sombreadas de azul e violeta, enquanto borrões de ocre surgiam ao longo da margem da praia de Antiparos, e arbustos escuros e pontiagudos golpeavam os ciprestes contra as encostas rochosas recortadas no céu limpo e azul. Era como estar dentro de um sonho onde o tempo não importava, algo que não pode ser descrito, tem que ser vivido.

Reclinando-me sobre a amurada do barco, observei o azul-escuro das profundezas do mar. Um vento fraco encapelava a superfície da água, o que trazia uma leve nuvem de respingos para a proa. Meus pensamentos começaram a me levar de volta à minha casa na Califórnia. Pensei sobre a conversa que havia tido com Rick e a comissão oferecida. Já houvera uma enorme baixa nos quinze mil que ele me dera como adiantamento. Se eu rompesse o acordo agora e voltasse para os Estados Unidos sem terminar o trabalho, poderia não apenas perder a galeria de arte, a casa e o carro, mas ainda corria o risco de ser preso por fraudar obras de arte.

Andersen não era apenas um colecionador; ele era um criminoso. Não dava para prever do que ele era capaz — talvez até tentar me matar. Não, eu já tinha ido longe demais para voltar atrás. Se há alguma verdade no fato de que escolhemos nosso próprio destino, eu havia escolhido o meu.

A buzina do barco deu um sonoro aviso para indicar que nos aproximávamos do porto. A praia de Tinos estava perto o suficiente para que eu divisasse o agrupamento de construções brancas e *décors* pastel que formavam a cidade. A torre do sino da Igreja de Panagia Evangelistria era visível acima dos telhados. Este era meu destino, o famoso santuário da Virgem, que abrigava o ícone milagroso.

Misturei-me aos outros passageiros no deque de transporte dos carros — era apenas mais um turista vestindo calças creme, camisa havaiana vermelha e a onipresente máquina fotográfica pendurada no pescoço. Os óculos escuros tomavam todo o meu rosto, e eu estava bronzeado apenas o suficiente para fazer com que parecesse que eu acabara de chegar ao país. O pequeno barco fez uma curva com bastante dificuldade e aportou no cais. Entre gritos e tumulto, os que estavam na praia correram para apanhar o cordame e fixar as cordas. A rampa foi baixada, e o pequeno número de carros, caminhonetes, utilitários e motos deixaram para trás os passageiros dispersos e seus pacotes e malas. Finalmente todos se puseram a caminho de seus destinos, numa nuvem amarga de pura exaustão.

Uma venerável velhinha, carregando na mão nodosa uma bengala de madeira cinzelada, quase foi varrida para fora do cais pela turba enfurecida. Amparei-a, e ela sorriu para mim, com a boca desdentada e os olhos lacrimosos repletos de agradecimento. Ela carregava um grande buquê de cravos brancos e cor-de-rosa.

— *Pou pas, yiayia?* — perguntei a ela. — Aonde a senhora vai, vovó?

Por sua fala entrecortada e hesitante consegui entender que ela estava fazendo uma peregrinação ao santuário da Virgem.

Reconheci a palavra "artrite". Ela estava indo rezar por uma cura. Tentando ser o mais educado possível com meu grego de manual, ofereci-me para acompanhá-la até o topo da colina. Ela pegou em meu braço e assentiu, arrumando seu xale preto.

Andamos pela rua que ladeia o porto. Ela era velha, enrugada e marrom como uma noz; estava vestida inteira de preto, sinal de que era viúva. Ao subirmos a colina em direção à igreja, tivemos que parar várias vezes para que ela recuperasse o fôlego. Fiquei maravilhado em ver como alguém tão velho podia fazer uma caminhada tão longa morro acima ao santuário apenas para beijar um ícone.

Ao nos aproximarmos da Igreja da Virgem, ela apertou o xale de lã em torno dos ombros curvados e fez o sinal da cruz três vezes, pousando a mão nodosa sobre o coração. Guiei-a através do portão de entrada, onde altos-relevos em prata da Virgem e dos santos guardavam o pátio da paróquia.

Finalmente alcançamos os arcos da bastilha principal, onde o cheiro de cera de vela queimada e de incenso ultrapassava as portas abertas. Um senhor idoso andando com dificuldade, encurvado sobre a bengala, se uniu a nós. Muitas pessoas estavam reunidas em torno das velas enormes dentro do santuário. Esperamos que elas se movessem mais para dentro, e a velha senhora pegou duas velas finas cor de ocre, feitas de cera de abelha, de uma caixa de madeira. Ela mostrou que uma das velas era para mim. A senhora mal podia alcançar os candelabros, então eu encaixei cada uma das velas nos braços dos candelabros e as acendi para ela.

Sua cabeça se curvou em oração, e eu me afastei em silêncio. Voltei para as sombras da área recuada, permanecendo o mais discreto possível para conseguir estudar o ícone.

O santuário da igreja brilhava com a luz difusa do sol e a luz das velas. As maciças colunas brancas eram enfeitadas com correntes das quais pendiam milhares de brilhantes votivos prateados, no formato de partes do corpo, frutas, corações e flores, todos doações dos fiéis. O interior da basílica era repleto de candelabros. O forte cheiro de incenso fazia minha sinusite arder — já nos tempos de seminário eu tinha aprendido a odiar esse cheiro.

A capela da Virgem ficava à esquerda da entrada. Era um altar grande, branco, decorado com querubins e acantos. O ícone estava posto sobre uma toalha de altar branca e vermelha. Velas e flores o cercavam, assim como dois seguranças.

Um casal de turistas dificultava minha visão do ícone. A mulher usava um vestido de verão listrado que exibia seus braços gordos e bronzeados. Cachos pontudos do cabelo avermelhado de hena pulavam para fora da aba do chapéu de palha esfarrapado.

— Oh, veja, Harv!... Está aqui. O ícone!

Harvey chegou mais perto para ver melhor.

— Ai, meu Deus, Mildred. Nós andamos tudo isso só para ver esse negócio idiota? Cristo, essas coisas custam um centavo a dúzia neste país. Olhe só essas jóias. Elas não podem ser reais.

— Tá... mas, Harvey, esse ícone cura mesmo as pessoas, faz milagres e tudo mais. Você sabe, como lá na capela de Lourdes, em que estivemos na semana passada.

— Você não acredita mesmo nessa palhaçada, né, Mil? — disse Harvey, soltando um barulhento arroto. Um aroma de alho e cerveja podre venceu o cheiro forte do incenso.

Era um homem grande, com a energia de um jogador de futebol americano, mas a pança de cerveja e o rosto avermelhado indicavam que ele bebia um bocado. Vestia calças xadrez pregueadas e uma camiseta bem esticada sobre a barriga estufada, que trazia Bart Simpson e família atrás. Usava um boné típico de pescadores gregos na cabeçorra careca, que empurrou para trás para enxugar o suor da testa com um lenço.

— Dá um tempo. Ver um desses malditos lugares é o mesmo que ver todos. Vamos sair desse buraco fedido. Deve haver umas cervejas geladas por aqui.

Esperei que eles se afastassem da capela. Uma das mulheres responsáveis pela limpeza havia parado de polir o chão e fez um gesto de desgosto, calando-os; só depois que saíram voltou a esfregar e polir o chão de mármore.

Inclinei-me para chegar o mais perto possível da caixa de vidro que protegia o ícone, fingindo beijá-la, como os outros fiéis faziam. Tirei rapidamente algumas fotos sem ser notado, fiz uma anotação mental dos detalhes da têmpera feita à base de gema de ovo que provavelmente tinha sido usada para compor a obra e do lugar das jóias em volta da figura da Virgem e do Menino Jesus.

Segurei o mais perto que pude do ícone a tela de meu notebook de vinte e um por vinte e oito centímetros. Ele tinha uma pequena régua ao lado que me dava a noção da medida. Sem a moldura, o ícone media aproximadamente trinta por sessenta centímetros — mais ou menos do tamanho de algumas das grandes Bíblias que ocupam o púlpito das igrejas, apesar de não tão grosso. Sua moldura de ouro era entalhada com pergaminhos. Na parte de cima havia uma maravilhosa cruz de prata incrustada de diamantes, segurada por dois anjinhos dourados. O ícone de madeira, atrás da proteção de vidro, estava parcialmente escondido pela enorme quantidade de diamantes, pérolas brancas e outras pedras preciosas. Somente uma minúscula parte dos rostos da Virgem e do Menino Jesus eram visíveis. Ao brilho das velas, os diamantes refletiam prismas. O rosto escuro e assombroso da Virgem ficou gravado em minha memória de modo inexplicável; virei-me e saí da capela, sentindo-me um pouco inquieto.

Enquanto eu me retirava, vi a vovozinha que sofria de artrite sendo acompanhada para fora do pátio da igreja por um padre. Ela não me viu, mas, ao descer as escadas, encontrei um dos cravos cor-de-rosa que havia caído de seu buquê. Rapidamente o apanhei e o enfiei no bolso da camisa, imaginando que ele poderia me proteger magicamente dos espíritos do mal que eu porventura tivesse atraído ao me aproximar do ícone. Depois disso, subi a bordo do próximo barco e voltei para Míconos.

Capítulo 5

— Como foi a peregrinação? — perguntou-me Eugene. — Encontrou a cura para seus males?

Ele me deu uma piscadela, enquanto passava um pedaço de pão no azeite que restara em seu prato. Eu ainda brincava com os restos de minha omelete. Por alguma razão, não estava com muito apetite naquela manhã.

— Vai ser um trabalho bem duro. Deve levar algumas semanas para ficar pronto. De qualquer maneira, vai me manter ocupado por um tempo.

— Apenas mantenha-se afastado de Linda e você vai ficar numa boa — Eugene sorriu ligeiramente. — Conte-me, o que aconteceu entre você e ela na outra noite?

— Prefiro não falar sobre isso.

Olhei para a praia e lá estava ela, andando em seu ritmo lento e charmoso, com toda a pinta de modelo — parecia que estava mesmo em um desfile. Naquele momento, eu não tinha lá muita certeza de estar pronto para outro encontro com a deliciosa senhorita Heller, ao menos não àquela hora da manhã. Mas havia algo nela que tornava duro manter essa resistência.

— Olá, cavalheiros — ela sorriu, estendendo a mão com formalidade. Seus modos tinham um quê de recato. Eugene quase tombou da cadeira na tentativa de ser galante. Ela apertou a mão dele e depois a minha. — Garth — disse ela, docemente —, preciso me desculpar pela outra noite. Essas doses duplas... eu já devia saber.

Era impossível guardar ressentimentos dela. Linda era um raio brilhante de sol, absurdamente linda e sensual.

— Não se preocupe com isso — disse eu.

— Não, eu estou mesmo um pouco embaraçada — afirmou ela. Seus olhos eram luminosos; as pupilas, penetrantes e sedutoras. Ela definitivamente podia me engolir com aquele olhar.

— Acidentes acontecem. Esqueça.

— Obrigada, Garth. Sabe, eu estava pensando se você poderia me fazer um favor.

— Claro, o quê?

— É sobre Johnny.

— Você soube mais alguma coisa sobre o estado dele?

— Não exatamente. Mas descobri que há dois homens que podem saber algo. — Subitamente ela ficou muito séria, baixando o tom de voz para que as pessoas nas mesas vizinhas não pudessem ouvir. — Você conhece uns ricos colecionadores de arte chamados Fredericks e Bryan?

— Você quer dizer aquelas velhas bichas escocesas que vivem em Anna Bay? — interrompeu Eugene.

— Sim, nós os conhecemos muito bem. — Forcei um sorriso. — Eles devem dinheiro a Eugene, que nunca se esqueceu disso. É uma dupla de velhos bastardos bem espertos, isso nós podemos lhe dizer.

— O que John tem a ver com esses dois velhos *poustis*? — Eugene se enfureceu. — O que eles fizeram, passaram a perna nele também? — Ele ficou com o rosto vermelho só de imaginar o que poderia ter ocorrido.

— Não tenho certeza de que tipo de ligação John tinha com eles — explicou ela. — Exceto que ele mencionou seus nomes umas poucas vezes. Pensei então se eles poderiam saber algo a respeito do que aconteceu.

— Bem, então por que não vai conversar com eles? — indaguei. Ela balançou a cabeça.

— Já tentei, mas eles não me recebem.

— Ah, são dois paranóicos — Eugene soltava fumaça. — Cambada de malditos babacas.

— Não sei, não — disse Linda —, mas fui até lá de táxi ontem e um empregado me informou que eles não estavam. Pensei que, talvez, por serem negociantes de arte, eles falassem com um de vocês.

— Sim, com certeza eu gostaria de me aproximar deles... — disse Eugene mostrando os dentes. — Mas não há maneira de eles deixarem que eu chegue perto.

— Olhem, amigos — continuou Linda —, se vocês apenas conseguissem chegar até lá e descobrir o que está acontecendo, nós podemos esquecer aqueles oitenta mil.

— Você está de brincadeira — disse Eugene. — Oitenta mil dracmas parece ser uma grana muito alta por um nadinha de informação.

— Tudo bem, não se preocupe com isso. Devo um favor a Johnny. — Ela foi calma e franca, dissipando qualquer suspeita. — Ele me ajudou a conseguir alguns contratos lucrativos com fotógrafos em Nova York há alguns anos. Abriu um bocado de portas para mim, então quero retribuir o favor.

— O que você espera descobrir lá? — perguntei, curioso.

— Tenho um pressentimento de que Fredericks e Bryan podem conhecer as respostas para os problemas de John. Ele me disse que costumava visitar os dois freqüentemente.

— Tudo bem, Linda — disse Eugene —, se você acredita que eles têm alguma coisa a ver com isso, ficaremos felizes em checar para você. Agora que Garth voltou de Tinos, temos tempo.

Eu o chutei por debaixo da mesa. Ela fez uma cara de interesse ao ouvir a palavra Tinos.

— Ah, é mesmo? Você esteve em Tinos?

— Sim, visitei a capela, para satisfazer minha curiosidade. Não vi nada de anormal. — Expliquei que quis verificar por conta própria por causa do artigo que ela havia me mostrado sobre o ícone. — Pessoalmente, acho que John sofre dos efeitos do álcool. Mas, se você acha que aqueles caras esquisitos sabem algo a mais, nós vamos investigar.

— Não se preocupe, linda senhorita — disse Eugene —, Garth é um camarada charmoso. Ele não terá problemas em entrar lá: apenas sorrirá com doçura, dirá "Por favor" e "Obrigado" e a coisa estará feita — brincou ele, desmunhecando.

— Ei, espera aí um pouquinho, você quer me foder me fazendo passar por gay? Sem essa.

— Claro! — Eugene riu. — Eu já posso até ver você flanando por aí, uma bicha rica, negociadora de arte, da Califórnia. Você é alto, bronzeado e bonitão. O grisalho nas têmporas, os olhos azuis de bebê... Você é perfeito para o papel.

Vi Linda sorrindo para mim e me senti um pedaço de manteiga deixado ao sol.

— Tá bom, tá bom... vou pensar.

Acho que eu sabia que descobriria tudo antes que eles. Como eu já tinha decidido entender o que estava havendo com Ralston, e se ir até lá poderia me ajudar a esclarecer tudo, por que não?

Capítulo 6

Lá estávamos nós, percorrendo a estrada da península no velho jipe Willy's de Eugene, em direção ao cabo Kalafata. Eugene se espreguiçava no assento ao lado do meu, o vento bagunçando seu cabelo castanho.

— Diz aí, você acha que o velho e bom John pode ter sido amante da Linda? — perguntou ele.

— Ralston? Não. Duvido que haja um homem em Míconos que já tenha tido a honra.

O sol brilhava na água do mar, e à nossa frente as encostas rochosas do cabo curvavam-se para dentro. A baía estava repleta de botes pequenos com as velas dobradas, parecendo grandes borboletas brancas. Ao nos aproximarmos, pude perceber a construção de blocos de pedra vulcânica que começava a se desenhar por trás das árvores.

— Lá está Fort Knox — apontou Eugene.

Saímos da estrada principal para uma estradinha de cascalho que levava direto para a residência dos senhores Fredericks e Bryan.

O conjunto disperso de prédios de teto plano que compunham a mansão estava protegido por um muro alto de estuque. Acima do portão de ferro podia-se ler:

"VILLA MIMOSA".

Abaixo disso, uma placa dizia, em grego e em inglês: "Cuidado com o cão". Consegui ver um par de Dobermanns sagazes e ferozes atrás do portão, rosnando, prontos para atacar.

Estacionei o jipe fora da visão do portão de entrada. Já tínhamos decidido que era melhor que eu entrasse sozinho.

— Tente não ficar tempo demais lá dentro com aqueles malucos. Eu vou acabar fritando aqui neste calor maldito.

Andei até o portão. Os cães avançavam e grunhiam, parecendo irritados e maus. Então, notei um pequeno aviso acima da campainha: "Não atendemos sem agendamento".

Que porra esses caras pensavam que eram, Niarchos e Onassis? Apertei a campainha e esperei. O calor torrava a entrada pavimentada. Eu podia sentir o suor gotejar na minha testa. Apertei a campainha de novo.

Uma voz crepitou no interfone.

— Quem é?

Pronunciei meu nome.

— Eu gostaria de falar com o senhor Fredericks ou com o senhor Bryan, por favor.

— O senhor marcou um encontro? — Não consegui identificar a voz. Tinha um sotaque vago, mas definitivamente não era escocês.

— Acabo de chegar dos Estados Unidos, senhor — respondi polidamente. — E gostaria de falar com o senhor Fredericks ou com o senhor Bryan sobre um amigo que temos em comum, o senhor John Ralston.

— Sim? — o crepitar parou. Fez-se silêncio, exceto pelo barulho estridente das cigarras nas árvores.

— O que está acontecendo? — perguntou Eugene lá do jipe. — Se eles não vão deixar você entrar, vamos dar o fora daqui, cara.

— Seja paciente, *malaka* — caçoei. — Isso aqui vale oitenta mil dracmas, lembra?

Subitamente uma voz diferente fez-se ouvir no interfone.

— Sim? Senhor Hanson? Posso ajudá-lo? — Reconheci o sotaque arastado, embora eu não soubesse ao certo se pertencia a Fredericks ou Bryan.

Mantive o tom de formalidade.

— É sobre John Ralston, senhor.

— Ralston?

Mais silêncio. Finalmente o crepitar do interfone e depois um barulho fraco e um clique, indicando que a tranca do portão fora aberta.

— Entre.

Os Dobermanns ficaram me olhando ameaçadoramente com seus olhos castanho-amarelados.

Um dele mostrou seus dentes ferozmente.

— Chame seus cães — eu disse ao interfone.

— Eles não vão fazer nada. Pode entrar.

De algum lugar atrás da entrada arborizada ouvi um assobio agudo, e os dois cães deram meia-volta e foram em direção à casa.

Empurrei o portão e entrei. Eugene estava fazendo sinal de positivo para mim e me mandando entrar. Andei em direção aos arcos do prédio principal, ciente de que estava sendo observado, mas sem poder dizer de onde. A maior parte das persianas envernizadas estava fechada para proteger o interior da casa do sol. Mas, enquanto eu passava pelos eucaliptos e arbustos de hibiscos, pude ver um homem parado atrás do gradil de ferro trabalhado de um balcão sinuoso. Assim que cheguei na porta da frente da mansão, olhei de novo, mas o homem tinha desaparecido.

Havia uma aldrava de latão na porta de madeira entalhada, com a cabeça de um grifo esculpida no metal. Deliberadamente, bati a aldrava na porta três vezes; ouvi passos cruzando o chão de mármore e então a porta se abriu apenas o suficiente para que eu pudesse ver a entrada.

O senhor Fredericks era facilmente reconhecível. Era o mais jovem, estava na meia-idade e era gordinho. Por um momento, fiquei pensando se o tom rosa de suas bochechas era maquiagem e se seu cabelo grisalho, mechado e liso era peruca.

— Senhor Fredericks — disse eu, estendendo a mão. A mão dele era molenga, úmida e fria ao toque.

— Garth Hanson? Ele olhou por cima dos meus ombros com cautela. — Aquele irlandês bárbaro não está tentando me emboscar escondido atrás de você, está?

— Não, senhor — respondi, imaginando como ele soubera que Eugene estava comigo. Ele me deu a resposta mais rápido do que eu pudesse formular a pergunta.

— Muito simples, querido rapaz. Podemos ver tudo do nosso balcão. Ninguém pode se aproximar de Villa Mimosa, de nenhuma direção que seja, sem ser visto.

Definitivamente, eles tinham um forte ali, mas por quê? Por que dois homossexuais já de certa idade tinham que ter tanta proteção? Ele me fez segui-lo ao longo da entrada pavimentada, passando por potes de cerâmica, samambaias e palmeiras, num pátio fresco e sombreado. Debaixo de uma videira havia uma mesa de ferro batido e duas cadeiras. Um vaso com margaridas amarelas enfeitava a mesa; ao lado, havia um jarro de chá gelado com limão e dois copos.

— O que o faz querer saber sobre John? — ele me perguntou, servindo o chá com delicadeza.

— Bem, eu não sei. Acabo de chegar e fiquei chocado ao saber que ele foi levado a um hospital em Atenas. Éramos velhos amigos e colegas de profissão. Eu apenas pensei que talvez vocês fossem capazes de me explicar o que aconteceu.

— Você está em Míconos há exatamente duas semanas — Fredericks me interrompeu. — Se posso refrescar sua memória, senhor Hanson, nós já nos encontramos, mesmo que brevemente. Você deve se lembrar do incidente que envolveu seu amigo Eugene O'Connor e a coleção de moedas turcas, não?

Tive que usar toda a minha diplomacia. Esse era um assunto delicado.

— O senhor O'Connor tem um temperamento difícil, às vezes.

Fredericks apertou os olhos azuis para me olhar.

— Gostaria de lembrá-lo, senhor Hanson, de que meu gracioso companheiro e eu somos muitíssimo influentes no circuito das artes, não apenas deste país, mas de toda a Europa. Não apreciamos as sugestões do senhor O'Connor de que seríamos, ahn, desonestos.

— Tenho certeza de que isso tudo foi esclarecido — disse eu, com tato. — Mas não vim aqui para discutir as moedas que o senhor mencionou. Estou aqui por causa de John.

— Bem, fico feliz por ouvir isso.

— Se eu puder dizer ao hospital qualquer coisa que o ajude, penso que seria muito útil. Os senhores tiveram negócios com ele no passado; assim, acredito que talvez pudessem ajudar a esclarecer o assunto. Fui informado de que ele os visitou aqui algumas vezes.

Fredericks balançou os cubos de gelo em seu copo. Era um homenzinho perspicaz, apesar de seu rosto inocente de boneca.

— Todos os artistas são uns neuróticos — disse ele, de forma pouco simpática. — Ele bebeu demais a vida toda e caiu no próprio precipício.

— O que o senhor sabe sobre a obsessão dele pelo Ícone de Tiniotissa e uma suposta maldição?

Pensei ter visto seu rosto enrubescer quando mencionei o ícone. Ele me encarou com suspeita por um momento, deu outro longo gole em seu chá e se recompôs.

— Só falatório, bobagens — respondeu.

— Bem, ouvi que seu problema misterioso começou depois que ele passou algum tempo em Tinos. Então comecei a imaginar por que ele havia ido para lá, em primeiro lugar. — Esperei pela resposta, mas fomos interrompidos por alguém na varanda.

— Ah, Randolph! — uma voz alta e aguda chamou acima de nós. — Suba aqui, querido.

Fredericks pareceu um pouco frustrado e algo perturbado.

— Espere um pouco, é meu companheiro lá em cima — explicou. — Estou indo, Richard — ele gritou de volta, alegremente. Pousou o copo na mesa, levantou-se e me pediu para segui-lo.

— Talvez Richard seja a pessoa mais indicada para... bem, venha comigo.

Uma escada em caracol nos levou para o andar de cima. A austeridade da estrutura fora quebrada pelos pombais escavados em todos os cantos das paredes e pelo chão, coberto de mosaicos copiados dos afrescos dos tempos minóicos. Havia ainda vasos de argila em cada um dos cantos, cheios de flores de cactos.

Outra pequena escada nos levava para baixo, ao deque, que envolvia três lados do prédio, permitindo uma ampla visão do mar e dos três picos que davam para a estrada que serpenteia ao longo da costa até a cidade.

Fredericks não havia exagerado quando dissera que todos os arredores da mansão podiam ser vistos lá de cima. Havia duas mesas no deque, com guarda-sóis floridos para fazer sombra, e várias *chaises longues* e cadeiras de sol. Numa das pontas, uma mesa de massagem, e sobre ela um homem apenas parcialmente coberto com uma toalha branca. O massagista que trabalhava nele observou Fredericks e eu descermos as escadas de mármore.

O massagista era um homem jovem, talvez de vinte e poucos anos, e de estatura mediana — um mítico Adônis com um corpo bronzeado e musculoso, típico de um atleta. Vestia uma tanga mínima, com estampa de tigre, o corpo untado de óleo, bronzeado pelo sol e impecável.

— Por hora é só, Eric — disse o homem deitado na mesa de massagem, sentando-se com um lençol amarrado na cintura. Reconheci-o pela horrorosa deformidade nas costas: Richard Bryan. Fredericks nos apresentou.

— Ele diz ser um velho amigo de John...

— Ah, verdade? — as sobrancelhas espessas de Bryan uniram-se indagativamente. — Em que circunstâncias você o conheceu: amizade ou negócios?

— Ele era um velho amigo meu. Na verdade, ouvi dizer que ele teve alguma espécie de crise recentemente e tinha a esperança de que alguém me explicasse o que aconteceu.

Um olhar estranho e distante surgiu nos olhos de Bryan.

— Eric, querido. Traga meu roupão.

Ele se voltou para mim como se estivesse me ignorando. O jovem abriu um roupão aveludado e ajudou Bryan a vesti-lo; durante todo esse processo, Bryan ficou me observando cautelosamente enquanto enfiava seu braço paralisado no bolso do roupão. Depois, moveu-se com pequenos e hesitantes passos até uma mesa onde uma garrafa de champanhe repousava no gelo. Não pude deixar de pensar que era uma cena macabra ver aqueles dois homens juntos. Bryan parecia estar adorando meu embaraço.

— Eric é meu caseiro e acompanhante. Faixa preta também, caso eu precise compensar minha falta de habilidade. — Havia possessividade na forma como ele falou do rapaz, como que me dando um aviso.

— Champanhe? — perguntou Eric.

Peguei a delicada taça de cristal da bandeja que Eric oferecia. O champanhe era fino, borbulhante e cor de âmbar. Decididamente, era o melhor dos Moets.

— Isso é tudo, senhor Bryan? — perguntou o garoto. A voz que eu tinha ouvido pelo interfone era de Eric, com certeza. Só agora eu reconhecia seu sotaque como sendo alemão.

— Leve os cães para passear, Eric. Depois verifique com Maria como anda o jantar. Lembre a ela de que nós queremos lagosta e salada *horiatiki* esta noite, e assegure-se de que haja bastante caviar.

Eric concordou respeitosamente. Seu cabelo louro e encaracolado estava caído sobre os olhos. Pude vê-lo usando uma coroa de louros.

— Eric está comigo há dois anos — disse Bryan com uma ponta de ciúme. — Adorável, não?

Meu interesse era sem maldade, apenas admiração. Estava claríssimo que Eric era um jovem empreendedor que sabia muito bem quem pagava seu pão com manteiga. Bryan se sentou numa das cadeiras do deque e bebericou seu champanhe.

— Senhor Bryan — perguntei gentilmente —, o senhor vai responder minha pergunta sobre John?

Ele tinha olhos espertos e brilhantes, enterrados debaixo de grossas sobrancelhas. Quase lembrava um macaco, especialmente na forma como se movia por causa da deformação. Desse modo, a única coisa que poderia ser atraente nele para um jovem como Eric era o dinheiro. Havia sinais de riqueza em toda parte. A mansão em si, com sua vista magnífica e as vastas construções e jardins, deveria ter custado uma fortuna. Olhei ao redor com certa inveja, enquanto Bryan se ajeitava melhor em sua espreguiçadeira.

— Bem, senhor Hanson. Uma pessoa não deve revelar certas intimidades, sabe? — disse Bryan. — Conheci John por muitos anos e, claro, ele sempre vinha à Villa Mimosa. Tornei-me um de seus maiores mecenas durante certo tempo. Adorava sua iconografia, muito bom pintor, muito talentoso. Que pena.

— O senhor notou alguma coisa enquanto ele ainda estava por aqui?

Bryan sacudiu a cabeça com tristeza.

— Eu vi algo, brevemente, há alguns meses. Ele estava bêbado, resmungando sobre os "espíritos do mal" que emanavam do ícone.

— O Tiniotissa?

— Sim, acredito que seja esse mesmo. Ele havia passado algum tempo copiando-o em Tinos. Eu o apresentei a um cliente meu, comprador de peças para um museu de Berlim. John deveria fazer algumas cópias para ele.

— Qual era seu nome?

— Meissner, ou algo parecido. Ele o incumbiu de algo, mas qual era exatamente o trabalho não sei dizer. Você vê, esse cara, esse camarada Meissner, tinha uma estranha fascinação por ícones e pela Idade Média. Eu acho muito curioso.

Bryan pousou sua taça de cristal e estalou os dedos. Fredericks trouxe a garrafa de champanhe rapidamente e encheu seu copo de novo.

— Traga o garoto de volta para mim, sim, Randolph? — Bryan o dispensou rápido e depois continuou. — Dizem que o ícone supostamente tem "poderes místicos" — ele piscou. Depois sussurrou: — Ah, sim, há algumas histórias interessantes que são contadas sobre isso. Os gregos afirmam que o ícone tem presença divina e que pode operar milagres. Dizem que a personificação da Virgem sagrada tem até mesmo poder sobre a vida e a morte!

— Ah, vá... — disse eu, tentando não ofendê-lo.

— Não, é verdade. Ao menos, é o que dizem.

— Bem, imagino que só há uma coisa a fazer: falar com esse tal de Meissner.

Bryan coçou a cabeça onde a queimadura de sol fazia sua careca descascar.

— Talvez, mas ele é um tipo bem esquisito, como se pode notar pelo seu interesse em artefatos incomuns. Também é um colecionador de espadas e armaduras antigas. Então, cuide de sua retaguarda — brincou ele.

Em seguida, levantou-se da espreguiçadeira e andou pelo deque até o parapeito para olhar o mar.

— Mas realmente não acho que o problema de John tivesse algo a ver com o ícone ou com o senhor Meissner. Só que ele provavelmente pintou tantos ícones que a maldita fumaça afetou seu cérebro. Para ser sincero, não creio que fosse tão religioso depois de todas as festas que freqüentou aqui. Você deveria vê-lo perseguindo os rapazes.

— Pensei que ele fosse um cristão devoto.

— Mesmo? Essa é boa. Mas é assim que são as coisas: todos aqueles malditos cristãos sofrem de uma ou outra forma de culpa.

— Quer dizer que ele era gay? Sempre pensei que gostasse de mulher.

— Bom, talvez ele gostasse das duas coisas. Você já pensou nisso? Com a nova liberação sexual, isso não é incomum hoje em dia. Em todo caso, acho melhor você ir ver o médico dele, se quer saber do prognóstico real.

— É uma boa idéia. O único problema é que eu odeio ir a Atenas nesse calor maldito.

— Você que sabe, meu amor. Mas isso é tudo o que eu posso lhe dizer.

Olhei para o mar, imerso em profundos pensamentos. A água estava parada, escura como vinho, e, a distância, as colinas de Tinos eram vagamente visíveis através de uma neblina púrpura intensa. Eu não podia deixar de pensar sobre o ícone. Cristo, será que eu também já estava obcecado por ele?

Ouvi vozes que chegavam de além do telhado atrás de mim, risadinhas leves, típicas de meninas. Bryan havia se virado e estava sorrindo, acenando com as duas mãos. Supus que fosse uma jovem que ele conhecesse muito bem.

— Ah, aí está você, meu bem. Agora, você sabe que não pode passar tanto tempo no sol. Vai estragar sua pele delicada, amor.

Eu me virei e vi Bryan passando o braço sobre os ombros de uma pessoa magra e de cabelos negros. A princípio, eu poderia jurar que o riso que ouvira era de uma garota. Mas era um rapazinho de rosto jovem e de bem pouca idade.

Ele era menor e mais delgado que Eric. Tinha uma pele macia e pálida e cabelos encaracolados, cujos cachos desciam até os ombros, emoldurando o rosto de traços finos e belos como os de uma mulher.

— Jacinto é meu protegido — disse Bryan, com orgulho. Quão apropriado para ele, pensei, ter nome de flor. Bryan me viu olhando-o e me deu uma piscadela amigável. Talvez ele pensasse que eu estivesse interessado.

— Venha cá, eu quero lhe mostrar uma coisa.

Segui-o até o outro lado do deque, em direção a um conjunto de esculturas de mármore e uma mesa de trabalho com cinzéis, martelos e outras ferramentas de escultor. Parei por um segundo para ver a coleção de estatuetas em perspectiva. Depois andei em volta, admirando-as com espanto.

De longe, podia-se jurar que aqueles eram trabalhos originais — até mesmo quando analisados de perto; só os olhos de um profissional poderiam determinar que aquelas eram cópias excepcionalmente bem-feitas.

Havia uma maravilhosa imitação da famosa cabeça de touro do Pequeno Palácio de Cnossos, em Creta — cada detalhe exato, dos chifres dourados aos olhos feitos de cristal. Reconheci a pequena *Afrodite ajoelhada* do Museu de Rodes e poderia jurar que ela havia sido esculpida em alabastro genuíno. Havia outras também. Mas a que capturou meu interesse mais que as outras foi uma réplica exata do busto de Alexandre, o Grande, originalmente do grande escultor Lísipo. Havia lascas de mármore em volta da base. Aquele era um trabalho incompleto, recente.

— Bem, o que você acha? — perguntou Bryan.

— Excelente. Trabalho seu?

— Você está falando sério? — Bryan achou graça. — Não, não é meu, é deste jovem aqui. — Ele tinha apertado o braço em volta da cintura fina do rapaz, e eu notei seu olhar lascivo. Se não soubesse o que estava acontecendo, eu poderia achar que ele brilhava como uma espécie de pai perverso e orgulhoso. — Jacinto é um gênio, não?

— Estou impressionado — disse eu, dando uma olhada para o busto do famoso jovem rei da Macedônia. Ocorreu-me que havia uma semelhança peculiar com o caseiro, Eric: a boca petulante, a juba leonina repousando sobre a testa larga e forte. Ele estava sorrindo timidamente, como uma mocinha que acabou de assar seu primeiro pão. — Este rosto se parece com o do outro garoto que estava aqui há pouco.

— Sim; ele é genial, não acha? Uma reencarnação do famoso Praxíteles, estou convencido disso. Em breve vamos mandá-lo para fora, para estudar escultura em bronze. Não é mesmo, Jacinto, meu querido?

A espessa franja de cílios escuros baixou timidamente sobre seus olhos castanhos brilhantes. Teria eu detectado certo fingimento ali? E não seriam seus lábios um pouco vermelhos demais? E tinha a vaga percepção de presenciar uma antiga história: Jacinto, amante de Apolo, o lindo jovem que acidentalmente fora assassinado num jogo. Acidentalmente, ou ele havia sido assassinado por ciúme? Como se lesse meus pensamentos, Bryan começou a recitar numa voz profunda e ressonante, de pé, em uma pose de ator, com a mão apoiada no ombro do rapaz:

> *Ou eles podem assistir aos jogadores de malha, atentos,*
> *dos dois lados, lastimando a triste morte*
> *de Jacinto, quando a respiração cruel*
> *de Zéfiro o destruir, o penitente de Zéfiro,*
> *que agora Febo ergue no firmamento*
> *acarinhando as flores em meio à chuva soluçante.*

— Keats — comentei, despretensiosamente.
— Muito bem, senhor Hanson. Vejo que o senhor também é um bom leitor.

Fredericks havia voltado, seguido de Eric, que carregava um jarra de suco de laranja e uma fruteira. Ele arrumou tudo e esperou. Pareceu-me notar uma mudança no rosto de Jacinto. Ele mantinha os olhos pousados em Eric, encarando-o desafiadoramente. Os dois trocaram olhares chateados, depois Eric saiu. Fredericks passou a bandeja como um empregado atencioso, servindo o suco fresco a cada um de nós. Recusei o meu polidamente.

— Eu preciso ir agora, mas quero agradecer-lhes por tudo.
— Ah, você tem de vir a uma de nossas festas. Vou adorar exibi-lo algum dia — disse Bryan apertando minha perna com força.
— Ah, sim, vou pensar nisso — escapei do aperto, retirando a mão dele de cima de mim. O garoto, Jacinto, estendeu a mão. Seus dedos eram longos e finos, levemente calosos do trabalho com as ferramentas de esculpir. Ele ainda não havia dito nada durante nosso encontro, mas, enquanto eu seguia Fredericks de volta para as escadas, escutei-o dizendo numa voz doce e afeminada:

— Ele é m-u-i-t-o bacana. Você irá trazê-lo de novo aqui, não irá, Richard? *Se Parakalo*... — O resto do pedido foi falado em grego e escapou do meu entendimento. Uma leve brisa começava a soprar do mar.

Fredericks ficou na porta me vendo caminhar pela entrada dos carros em direção ao portão. Os Dobermanns rangeram os dentes quando passei, e eu me senti levemente aliviado quando atravessei o portão e me vi do outro lado, na estrada. Eugene estava sem camisa e o suor escorria de seu rosto quando alcancei o jipe.

— Até que enfim! Bem, espero que você tenha passado um tempo agradável por lá, enquanto eu assava aqui como a porra de um leitão.

— Ei, relaxe, tá legal? Você queria que eu descobrisse algo e eu descobri.

— Ah, é, tipo o quê, por exemplo?

— Eles bebem um monte de champanhe da melhor qualidade e têm um jovem alemão sexy como caseiro, que é faixa preta. Ah, sim, e ele também faz massagens, se você estiver interessado.

— Ha, ha, muito engraçado — rosnou Eugene. — Agora, termine a história, tá?

— Tá bom, se acalme. É um negócio esquisito o que rola por ali.

— Disso eu já sei, cacete. O que você descobriu sobre Ralston?

— Bem, eles disseram algo sobre John ter sido contratado por um cara chamado Meissner; ele é uma espécie de colecionador de museu. Eles não sabiam exatamente qual era o trabalho, mas se o encontrarmos tenho certeza de que descobriremos.

— Ih, caramba — Eugene grunhiu. — Foi só isso o que você descobriu? Aquela mocinha não vai achar que isso valha oitenta mil dracmas. — Ele deu partida no jipe e conduziu o carro até a estradinha empoeirada.

— Bem, ela vai ter que pegar ou largar, meu velho, porque é só o que tem para hoje. Não se preocupe, vai acabar tudo bem.

A poeira baixava dos dois lados da estrada. O previsível *meltemi* da tarde trouxera uma lufada de ar fresco do mar. As ondas estavam começando a crescer. Para além do promontório, barcos a vela se inclinavam a sotavento em direção ao porto.

— Sabe, só tem uma coisa que eu achei realmente estranha por lá...

— Sei, como o quê, por exemplo, dois velhos pervertidos e ricos e seus amigos estúpidos?

— Aquele tal de Bryan tem um menino que faz para ele um monte de cópias perfeitas de peças de museus. Minha pergunta é: por quê?

Capítulo 7

Deixei Eugene na taverna da praia e, em seguida, decidi dirigir para o velho estúdio de pintura de Ralston.

Ralston morava num pequeno chalé de pescador fora da cidade. Era um trecho isolado da costa na margem de uma campina varrida pelo vento. No lado da praia estavam dois moinhos abandonados, com a caiação descascando, os farrapos remanescentes de suas velas pendendo de seus braços quebrados. O *meltemi* sempre soprou forte nesse período da tarde e ele me pressionava contra o jipe enquanto eu abria a porta e descia. Os velhos moinhos rangiam e gemiam contra a força do vento.

A batida da porta do jipe assustou uma lebre marrom feito terra, que correu para fora de sua toca através da grama curvada da campina. Algumas flores vermelhas coloriam o ocre do campo, os cálices como de cera oscilando ao vento. Flores vermelho-sangue e cachos altos e esbeltos de *skylokremidas*, com suas delicadas flores cor de marfim como pincéis, junto com o azul límpido do mar varrendo com suavidade os seixos da praia, davam à paisagem a força e o movimento de um Van Gogh.

Isso me fez pensar por um momento que Ralston era como Van Gogh. Mesmo em suas pinturas você podia ver a mesma batida áspera do pincel, o turbilhão de cores — todo o movimento e a loucura.

Enquanto eu chegava ao velho moinho-estúdio, percebi que alguém tinha fechado a porta com tábuas, e todas as venezianas estavam firmemente fechadas sobre as janelas. Arranquei as pranchas que haviam sido frouxamente pregadas entre os batentes da porta. A fechadura estava enferrujada, e bastou apenas um empurrão para abri-la. O vento sussurrava atrás de mim, e uma rajada forte empurrou a porta aberta com um estrondo. Eu não estava exatamente preparado para o que eu vi quando dei um passo para dentro. Os pêlos da minha nuca arrepiaram-se. Lembrei-me de quando era criança, sendo atraído para dentro de uma velha casa assombrada por meus amigos. Mesmo esse velho moinho de vento, diziam, estava cheio de fantasmas. Rezava a lenda que um ilhéu havia sido assassinado ali cinqüenta anos atrás. Qualquer que fosse o caso, eu me sentia um tanto nervoso, espreitando o desconhecido.

Uma fina camada de poeira cobria tudo, e aranhas tinham estado ocupadas tecendo seus fios de seda. Uma barata do tamanho de um pequeno roedor passou correndo ao lado do meu pé.

Num canto do recinto, uma mesa e duas cadeiras haviam sido viradas; uma cadeira jazia quebrada em pedaços ao lado do piso da lareira. A lareira estava abarrotada com qualquer coisa inflamável, e pude ver os pedaços carbonizados do esticador de lona e tecido chamuscado. No outro extremo do cômodo, sob uma pilha de garrafas quebradas, estavam retalhos de um resto de tela. Limpei o âmbar e verde dos pedaços de vidro. Devia ter sido uma de suas pinturas recentes, porque estava incompleta, exceto pela camada base e pelo esboço ao acaso de duas batidas de pincel em azul-marinho. Havia sido tão severamente estragada que o tema dificilmente era perceptível. Curvei-me sobre ela tentando juntar os pedaços. Partes da tela haviam sido completamente arrancadas, mas continham bastante das beiras entalhadas para se juntar e distinguir a imagem — a cabeça e o tronco de uma jovem nua, com uma guirlanda de flores coroando-lhe a cabeça. Os traços estavam manchados, mas o cabelo havia sido sombreado, caindo em mechas encaracoladas sobre os ombros.

Aquilo me deixou confuso: John era um pintor de ícones e paisagens — ele não era conhecido por esboços de corpo. Como se não bastasse, esse retrato parecia familiar demais.

Deixei os pedaços caírem de volta entre os cacos de entulho. Olhando ao redor, notei que ainda havia poças de vinho em trechos grudentos enegrecidos de assoalho. O cômodo cheirava forte a fezes humanas e urina seca. Abri a porta do banheiro e quase vomitei. Excrementos e vômito estavam endurecidos por toda parte. Um punhado de papel queimado flutuava no vaso sanitário. Um dos pedaços ainda tinha a escrita legível. Pesquei-o para fora cuidadosamente com uma vara e coloquei-o no chão.

Era uma carta; o resto havia sido queimado, mas a data e uma parte do texto estavam visíveis:

10 de março...

Caro senhor Ralston, Seus testes recentes se confirmaram positivos. Manterei a notícia em segredo.
Sinceramente, M. Christofis.

Guardei a carta em meu bolso com cuidado. Talvez tudo não fosse assim tão misterioso. Seria possível que John tivesse se tornado um doente incurável por causa do excesso de bebida? Talvez o pensamento de sua morte iminente tenha causado seu colapso.

O sol entrava no recinto filtrado em raios de luz morna através das ripas quebradas das venezianas, e, pela primeira vez, percebi que o que eu pensava serem salpicados de vinho tinto eram manchas descoradas de sangue.

Minha pele arrepiou-se com o pensamento: John teria tentado o suicídio? Virei-me rapidamente, tomado de repugnância, mas algo sobre aquelas manchas de sangue contra o branco da parede me fez voltar atrás para olhar de novo. Não eram apenas salpicados de sangue ao acaso — eram marcas deliberadas, como se desenhadas ali por um dedo ensangüentado.

Algo estava escrito em grego sob uma grande letra M, e, abaixo disso, o círculo onde alguém havia borrado um Z. Símbolos... Estaria John envolvido com o ocultismo?

Peguei o papel com a carta do médico e escrevi as letras do alfabeto grego, fazendo-as soar foneticamente para mim mesmo:

Pi-alfa-ni-alfa-gama-iota-alfa, teta-alfa, sigma-épsilon, fi-ómicron-niu-épsilon-ípsilon-sigma-épsilon-iota.

O que quer que significasse, deve ter sido a última mensagem de John. Depois disso, fechei a porta, contente por estar novamente do lado de fora. A sensação do vento no meu rosto era boa, e o mar estava cintilando com cores translúcidas, como uma jóia. Era quase o pôr-do-sol, e os primeiros tons tangerina e rosa tingiam as nuvens junto ao horizonte. As rodas do jipe giraram no cascalho, e eu segui de volta para a cidade.

O bom e velho Eugene era o centro das atenções na sua mesa habitual, amortecido por pelo menos uma dúzia de cervejas.

— Estive pensando com meus botões — disse ele com voz retumbante, assim que entrei. — Vamos resolver logo esse negócio maluco com a Linda. Temos coisas mais importantes para fazer.

— Como o quê, por exemplo? —, tomei um grande gole da cerveja dele. Eugene ergueu um vacilante dedo diante de meu rosto.

— Como mergulhar para buscar as ânforas!

— Já lhe disse, eu ainda não sei, Euge. Preciso terminar esse ícone primeiro.

— Não se esquive da responsabilidade agora, cara — zombou ele —, nós dependemos de você.

— Eugene, não tenho tempo para isso. Preciso terminar a peça para Andersen.

— Vamos lá, companheiro, você está me dizendo que não vai mergulhar por nós? — Ele bebeu um grande gole de cerveja, arrotou e esfregou a mão sobre a boca. — Depois de tudo o que eu fiz por você?

Contorci-me diante de seu olhar pidão.

— Tudo bem, tudo bem, diabo! Nós vamos planejar essa história da ânfora mais tarde, ok? Mas agora estou indo a Atenas para resolver algumas coisas.

— Espere um minuto — Eugene encarou-me com incredulidade. — Por que diabos ir a Atenas agora, de repente? Há muito a fazer aqui. Além disso, se você for apanhado nos arredores da Plaka, nós provavelmente nunca mais o veremos.

Eu o interrompi gentilmente.

— Não estou indo a Atenas para participar de uma festa, Eugene. Estou indo porque quero saber o que aconteceu com Ralston.

— Ah, você está fazendo muito barulho por nada.

— Encontrei uma nota do médico dele no moinho dizendo que John estava mal. Eugene sentou-se de novo com um suspiro que soou como um balão se esvaziando.

— Então, por ele você embarca numa missão de compaixão, estilo Madre Teresa, é isso?

— Sim, é isso mesmo. Alguém deve ir ver o médico dele para descobrir o que está acontecendo. Organize a viagem para a ânfora, pois estarei de volta logo.

— O que digo a Linda se ela perguntar por você?

— Não diga nada. Se ela insistir, diga apenas que eu ainda estou investigando. — Dei-lhe um tapinha nas costas. — Vamos lá, cara. É pelo nosso velho camarada, John.

Ele coçou o pedaço levemente calvo na parte de trás de sua cabeça, tentando entender meu interesse; então colocou seu boné de pescador grego batido pelo tempo.

— Ok, mas você é um sanguinário do Clube do Coração Maldito.

Levantei-me da mesa.

— Volto em alguns dias.

Enquanto eu saía, ele sacou um baralho e começou a embaralhar as cartas, ao mesmo tempo verificando alguns potenciais companheiros de pôquer em terra. Eu tinha certeza de que ele não sentiria minha falta, contanto que não perdesse muito.

Capítulo 8

O taxista não tinha pressa. O tráfego a partir do aeroporto de Atenas estava no ritmo pára-choque contra pára-choque — uma cacofonia de buzinas, guinchos de freios e motores dando partida. O barulho e a confusão me desnortearam. Senti vontade de fumar, mas o aviso no painel dizia claramente, em grandes letras vermelhas:

A PAGHOREVETE TO KAPNIZMA!
NÃO FUME!

Recostei-me no banco com irritação e ouvi o monólogo do motorista num inglês mal falado. Os gregos são um povo muito verbal, na maior parte do tempo, mas esse companheiro tinha uma platéia cativa e não ia parar.

Enquanto avançávamos vagarosamente pelos congestionamentos nos cruzamentos principais, com ele agitando seu punho para outros motoristas e gesticulando dramaticamente para enfatizar um ponto de vista aqui e ali, eu soube que ele era taxista havia cinco anos. Antes disso, claro, era um homem do mar. Também me informou de que tinha um irmão em Long Beach, Califórnia. Afinal, não era a América a terra das oportunidades? Seu filho estava no exército grego, e sua esposa era uma eterna cadela irritante. Eu podia apenas decifrar o bastante da conversa greco-inglesa para saber que suas visões políticas eram fortemente opostas às do atual governo, e que ele estava tendo problemas de dinheiro por causa disso.

Ele estava quase começando uma preleção sobre a Copa do Mundo quando nós saímos da Avenida Singrou para a larga

Avenida Rei Constantino. Foi nesse ponto que eu percebi que já não podia mais agüentar — a manhã estava apenas na metade e aqui me encontrava eu, preso num pequeno táxi onde o ar era sufocante e quente como um forno. O motorista de rosto vermelho enxugava o suor de sua fina linha do cabelo e começou a gritar novamente com um pedestre que tinha se precipitado na sua frente, desviando por pouco do pára-choque, no magnífico velho esporte de "roleta do tráfego". Finalmente, depois de passar o refrescante verde dos jardins do Parque Zappion, avistei as curvas do alto e moderno Hotel Hilton aparecendo ao longe. O motorista parou em frente à entrada impressionante do Hilton, verificou o taxímetro e, então, me cobrou uma corrida que era muito cara para justificar qualquer gorjeta. Empurrei as notas para ele e bati a porta do carro.

Uma vez dentro do saguão com ar-condicionado, fui direto para o piano-bar e pedi um bom gim-tônica gelado. Enquanto eu me sentava no balcão, uma garota na última banqueta do bar não perdeu tempo e moveu-se para sentar-se ao meu lado. Era uma dessas loiras oxigenadas, lá pelos quarenta, bronzeada demais, usando um vestido de poliéster vermelho que poderia ter sido pintado no seu corpo. Eugene a chamaria de "peito-pesado", enquanto a expressão de John seria "peitulante". A lembrança de Ralston ainda me distraía. Eu imaginava por onde deveria começar a procurar primeiro. Então, sem aviso, a mulher inclinou-se sobre mim.

— Posso "filar" um cigarrinho? — disse, servindo-se do meu maço. Ela rapidamente me sussurrou uma cantada, mas eu não estava prestando atenção. Coloquei sobre o balcão o dinheiro para pagar minha bebida e deixei-a continuar sua vigília solitária no bar. De qualquer forma, nunca gostei de peitos grandes.

Em seguida, subi para o meu quarto e abri o laptop para verificar a lista telefônica de Atenas. Percorri a letra C até encontrar o "Dr. Michael Christofis". Ele atendia numa clínica em Kolonaki; quando telefonei, uma voz na secretária eletrônica me informou que o doutor Christofis não estaria até as cinco horas da tarde.

Por volta das quatro e meia, fui dar uma volta perto de seu consultório, que era próximo ao Hilton. O ar lá fora era opressivo e pesado. O calor, a fumaça dos escapamentos, o barulho do trânsito, tudo contribuía para a terrível dor de cabeça a que eu me sujeitava enquanto descia a Avenida Rainha Sofia em direção a Kolonaki. Havia vários hospitais próximos ao consultório, e eu decidi checá-los na esperança de encontrar Ralston.

Tive sorte já na segunda tentativa; a garota no balcão de admissão leu rapidamente os arquivos do computador e bruscamente me enviou à enfermaria três, no segundo andar.

Subi as escadas, passei por uma cansada faxineira com seu esfregão e o balde de água cinza e suja. "Segundo andar" significa três andares acima, na Grécia. Na enfermaria três havia duas enfermeiras; a mais nova, com o chapéu engomado que se assentava como pequenas asas em seu cabelo preto, parecia mais interessada em seu café com *baklava*. A mais velha estava curvada sobre um armário de arquivo revirando papéis. Ela olhou para mim desdenhosamente. Tinha cabelos grisalhos e a face severa, rígida, profundamente marcada com rugas de expressão acima das sobrancelhas. Imaginei que ela deveria ser a enfermeira-chefe — alguém que já havia presenciado sua cota de vida e morte na enfermaria.

— Posso ajudá-lo? — perguntou ela.

A enfermeira mais jovem olhava para mim com grandes e trágicos olhos escuros, negros.

— *Oreste?* Sim?

— Estou procurando por Jonathan T. Ralston. Ele está aqui?

Rugas se formaram na testa da jovem. Os olhos escuros de repente se esconderam atrás de uma franja de cílios. Ela empurrou a xícara de café para o lado.

— Senhor Ralston? Você é um parente?

— Não, um amigo. Eu soube que ele é um paciente aqui.

A enfermeira mais velha de repente se virou, o ar severo no rosto suave. Ela falou muito calmamente, com autoridade, mas também com simpatia:

— Eu sinto muito, senhor...

— Hanson — disse eu —, Garth Hanson.

Ela veio até o meu lado.

— Senhor Hanson... Jonathan Ralston faleceu.

Senti um nó na boca do estômago, como se alguém tivesse me socado. Por um momento, não conseguia dizer nada. Ela sacudiu a cabeça tristemente.

— O sofrimento dele acabou.

— Qual foi a causa da morte?

Ela foi muito formal, profissional:

— Realmente não posso lhe dizer mais nada. Se você quiser maiores informações deve falar com o médico. Ele fez tudo o que podia.

Caminhei para fora do hospital levemente nauseado pelo cheio de antisséptico. O choque de ouvir que Ralston estava morto me levou a um estado de confusão mental. Minha cabeça parecia ter sido colocada por alguém num torno que era apertado a cada minuto. O que quer que tivesse acontecido com John, não parecia fazer nenhum sentido agora. Supus que ele tivesse ido para o hospital por problemas mentais, e não por doença física. Algo estava muito errado, e a única coisa que eu podia fazer agora era ir atrás de Christofis e descobrir o que havia acontecido.

Capítulo 9

A clínica do médico ficava num antigo prédio de apartamentos de tijolos vermelhos, bem na saída da Praça Kolonaki.

Eu me dirigi a um fresco saguão de entrada revestido de mármore e encontrei-me parado na frente de uma grande porta de carvalho com uma aldrava de latão em forma de cabeça de leão. Uma placa, gravada em grego e inglês, dizia:

Dr. Michael Christofis
Especialista em Medicina Interna.

Eram exatamente cinco horas e havia apenas duas pessoas na sala de espera. A bonita recepcionista sorriu para mim.
— *Parakalo?*
— Não tenho hora marcada — me desculpei —, mas preciso falar com o doutor. É a respeito de um paciente dele, John Ralston.

Seus olhos escuros se levantaram, surpresos, mas o sorriso mal e mal deixou seus lábios.
— Ah, sim. Por favor, sente-se.

Peguei a cadeira entre a rígida matrona de meia-idade e um jovem com o rosto cheio de marcas. A mulher me olhou tristemente, mas o rapaz não levantou os olhos de sua revista. A recepcionista entrou na sala do médico e, em alguns minutos, retornou, deixando a porta entreaberta. Ouvi uma voz de homem falando grego, e ela me olhou novamente. O sorriso havia desaparecido; ela tinha ficado séria e com ar profissional.
— O senhor pode entrar agora.

O doutor Christofis era muito mais jovem do que eu esperava. Era um homem bonito, mas sem brilho, provavelmente lá pelos trinta anos. Ele falou calmamente; tinha olhos azuis brilhantes, honestos, e um sorriso agradável que me colocou imediatamente à vontade. Apresentei-me, estendendo a mão. Seu aperto era caloroso e firme. Ele fez um gesto para que me sentasse em uma das cadeiras acolchoadas de couro preto.

— Minha recepcionista me disse que você veio saber sobre John Ralston. — Ele se recostou na cadeira, as mãos apoiadas na mesa. — Quão bem o senhor conhecia o senhor Ralston? — Ele me observava por baixo de seus óculos bifocais.

— Fomos amigos por muitos anos. Costumávamos dividir o mesmo estúdio de arte em Míconos.

— Entendo... e o que posso fazer por você?

— Bem, quero saber o que houve; na verdade, nós todos queremos saber. Eu estava vindo a Atenas a negócios, então pensei que poderia vir aqui descobrir o que aconteceu.

Christofis calmamente retirou seus óculos e os colocou na escrivaninha.

— O senhor Ralston já estava doente havia bastante tempo. Claro, nós fizemos tudo o que era possível, mas sua doença havia avançado demais... Se pelo menos ele tivesse vindo mais cedo...

— Mais cedo? O que era? — interrompi.

— Complicações de cirrose — respondeu ele. — Seu amigo morreu de câncer de fígado.

— Eu imaginava que fosse algo assim. Nós tentamos lhe falar, mas ele não escutava.

— É sempre uma tragédia quando uma pessoa se destrói dessa maneira.

— Não sei o que dizer. — Fiquei embaraçado. Ralston estava morto e tudo o que podíamos fazer era elogiá-lo. Eu me levantei para sair.

— Você sabe se ele tinha algum parente? — ele perguntou.

— Nenhum, que eu saiba. Mas... — tive um repentino anseio de indagar por mais informação. — Ele deixou papéis ou documentos? Digo, quando ele foi levado de avião para o hospital, ele trouxe algo para deixar no cofre do hospital? — eu rememorava o campo de batalha que ele havia deixado para trás em seu estúdio em Míconos. Teria ele destruído tudo, ou havia algo mais entre seus papéis pessoais?

— Se o senhor Ralston tinha algo com ele no hospital, deve ter sido enviado ao consulado britânico. Quando não há parentes, eles normalmente cuidam dos pertences pessoais do morto. Você poderia ver com eles amanhã. Eu sinto muito; John e eu havíamos nos tornado bastante amigos durante sua doença. Agora, se me der licença, tenho pacientes para atender. — Ele me mostrou a porta.

Enquanto descia a colina caminhando em direção ao hotel, lembrei-me do bilhete despedaçado que Christofis havia escrito e eu havia encontrado no estúdio de Ralston. Assim que cheguei ao quarto do hotel, peguei meu pequeno dicionário de bolso e traduzi a outra mensagem secreta que eu havia copiado dos símbolos escritos com sangue na parede.

PANAGIA TA SE FONEISEI
"A SANTA MATA"

Eu estava chocado com o que havia encontrado; pobre Ralston. Quando soube que era um doente terminal, havia então culpado a Virgem do ícone por sua morte?

Coloquei o bilhete de volta na minha carteira e fui para o bar; pedi um uísque sem gelo e, em seguida, engoli outro. Eu sentia uma necessidade de ligar para Eugene, mas não o fiz. Em vez disso, tomei um táxi e fui direto para o escritório do consulado.

O escritório do cônsul da embaixada britânica cheirava a tabaco doce de cachimbo e livros velhos. O sujeito atrás da grande mesa de carvalho recostou na sua cadeira giratória e deu despreocupadamente uma baforada em seu cachimbo, enquanto terminava uma conversa telefônica que havia interrompido nossa apresentação. Finalmente, colocou o telefone de volta no suporte e bateu a cabeça do cachimbo delicadamente no cinzeiro.

— Bem, ahn... Senhor...?
— Hanson — disse, educadamente.
— Ah, sim. Senhor Hanson. Sobre o que gostaria de falar, um visto?

Ele era um homenzinho gordo de bochechas vermelhas, que parecia apreciar um bom copo de uísque de vez em quando. Parecia à vontade em sua cadeira giratória, com as mãos cruzadas sobre o abdômen corpulento.

— Vim levantar informações sobre um amigo meu. É um cidadão britânico, de Yorkshire, eu acho. Seu nome é John Ralston. Morreu há alguns dias.

Ele me interrompeu, repentinamente desinteressado.

— Sinto muito por isso. Mas nós não somos um serviço de informação, senhor Hanson. — Enquanto ele remexia um armário de arquivos, indagou-me: — Qual seu relacionamento com o senhor Ralston, senhor? Vocês são parentes?

— Sou seu advogado — disse, olhando-o direto nos olhos.
— ... E o senhor está aqui por quê?
— Sua família me enviou para descobrir todos os detalhes para o enterro e recolher seus pertences pessoais.

— Sim, certamente. — Ele se levantou, pegou um envelope de papel pardo do arquivo e então esvaziou seu conteúdo na mesa. Havia um passaporte com as folhas muito manuseadas, uma velha corrente, com um tipo de medalhão, e um anel com um emblema. Ele segurou o passaporte na minha frente.

— É este o seu senhor Ralston?

Abri as páginas gastas e olhei a fotografia de Ralston — um Ralston muito mais novo, mas, apesar do longo cabelo claro e

da barba desgrenhada, eu reconhecia seu rosto, os traços aflitos como os de uma raposa e os olhos loucos.
— Sim, este é John. — Fechei o livreto e devolvi-o ao cônsul.
— Você sabe de algum endereço permanente dele?
Eu balancei a cabeça, negando.
— Tudo o que eu sei é o endereço de sua família em Leeds. John fazia viagens ocasionais à Inglaterra, mas ficava em Londres. Ele e a família não se davam bem.
— Entendo — assentiu ele. Parecia acreditar na história simples que eu estava lhe contando.
— O senhor se incomoda se eu olhar o que tem no pacote? — perguntei.
— Claro que não. Eu lhe mostro — ele pegou um pequeno maço de papéis do envelope e rapidamente os separou, enquanto eu aguardava, esperançoso. — Não há nada de interessante aqui. São documentos diversos: certidão de óbito, relatório do médico, papéis variados. Triste ver a vida de um homem reduzida a recortes e pedaços de papel, não é?
— Eu estava imaginando se não teria alguns papéis legais, extratos bancários, cartas, qualquer coisa desse tipo? Nós não fomos capazes de encontrar nada em seu estúdio. Ele deve ter posses.
— Posses? — perguntou ele. — Entendo... — e começou a colocar tudo de volta no envelope; passaporte, os papéis, tudo. A palavra "posses" pareceu ter despertado um alarme nele. — Você tem algum documento provando que é advogado dele?
— Ahn, infelizmente não tenho aqui comigo.
— Sinto muito. Então tudo fica aqui até que eu veja o documento.
— Certo. Trarei meu cartão mais tarde. — Apertei sua mão e me dirigi vagarosamente para a porta. — Obrigado por tudo.
Enquanto eu saía, uma secretária apareceu de repente em grande agitação.

— Senhor Martin, o senhor precisa vir rápido, é do Ministério de Relações Exteriores novamente. Algo sobre outra explosão em Chipre. Eles estão em nossas linhas internacionais, o senhor pode atender na sala de conferência.

A mulher idosa, alta e magra conduziu-o para fora do escritório e eles rapidamente desapareceram saguão abaixo.

Era a grande oportunidade que eu estava esperando.

Despreocupadamente me movi de volta ao escritório e fechei a porta. O envelope de papel pardo ainda estava sobre a mesa. Soltei o grampo de metal e esvaziei o conteúdo, procurando desesperadamente por uma pista. Depois de um minuto, encontrei algo — um cartão de visita cinza laminado. Havia um endereço em Kifisia, Atenas, e outro em Munique, Alemanha. E o nome no canto era evidente:

Hans W. Meissner,
PHOENIX GALLERIES,
Curadores de Arte de Museu

Enfiei o cartão no bolso da camisa, coloquei tudo de volta no envelope e deslizei para fora da sala. Sorria confiante enquanto deixava o escritório do consulado. Quando tinha ido até lá, não esperava encontrar muito mais que informações burocráticas. Mal sabia eu que me havia sido dada a chave da caixa de Pandora.

Capítulo 10

A velha mansão neoclássica situava-se distante da rodovia principal, nos arredores de Kifisia, um subúrbio da moda de Atenas. Na placa de metal afixada na caixa de correio do portão estava inscrito:

Phoenix Galleries, horário: das 9 às 15 horas

Eram exatamente dez horas no meu relógio. Eu devia ser o primeiro visitante da manhã, porque havia apenas um carro parado do lado de fora da entrada. Era uma Mercedes nova, preta, que brilhava de tão polida. Quando cheguei mais perto, percebi que as placas eram alemãs.

As alegres cigarras produziam seu som monótono do fundo dos pinheiros. Havia um silêncio tranqüilo no ar fresco. Fiquei na rampa de entrada por um momento, reunindo meus pensamentos e dando uma boa olhada em volta. A casa era uma dessas elegantes mansões de dois andares revestidas de estuque, com um pequeno pórtico de pilares brancos; as paredes eram pintadas de um rosa escuro, e o branco recente das venezianas mostrava que o prédio era bem cuidado. A porta da frente estava entreaberta e, através da fresta, eu podia ver um grande saguão de entrada ladrilhado em um padrão cinza e branco. Um velho zelador estava sentado atrás de uma escrivaninha antiga, logo após a porta.

Cumprimentei-o educadamente.

— Hans Meissner?

Ele me explicou que o senhor Meissner não estava, mas chegaria logo. Fez um gesto para que eu entrasse.

De um lado do saguão de entrada havia uma galeria com bustos de mármore alinhados. Em outra porta de um cômodo adjacente, pude vislumbrar alguns quadros grandes que eram sem dúvida as cores serpenteantes de John. Engraçado, eu havia ido até lá pensando no que perguntaria a Meissner sobre John Ralston. Mas agora, enquanto olhava em volta e analisava a situação, eu sabia exatamente o que tinha que fazer.

Num canto da sala havia uma prateleira com uma coleção de ânforas de argila vermelha. Não eram cópias, mas originais datando de algo por volta de quatrocentos anos antes de Cristo. Considerando o plano de Eugene de dirigir-se para fora de Delos por causa das ânforas, decidi tentar minha sorte com Meissner num negócio que poderia ser vantajoso. Então ouvi vozes vindo de fora do saguão. O velho homem falava num grego vacilante; a outra voz era um duro mas educado tenor. Vindo por de trás de mim, ele falou rapidamente:

— Sim, posso ajudá-lo? — pronunciou essas palavras em inglês formal, com um leve sotaque.

Era um homem lá pelos sessenta anos, talvez mais velho, mas esbelto e queimado de sol, com traços finamente definidos, pele esticada sobre os ossos das bochechas e boca fina, de linha um tanto dura. Seus olhos eram alongados, apáticos e cor de âmbar; havia frieza em seu semblante. Ele olhou meu cartão, apertou minha mão e curvou-se ligeiramente.

— Hans Meissner — disse ele. — Gostaria de ver algo em especial?

Retribui a saudação educada e estendi-lhe um dos meus cartões da galeria. Ele me observou atentamente, e detectei astúcia nas suas maneiras.

— Como posso ajudá-lo? Você está interessado em comprar ou vender algo?

Sorri.

— Tenho uma proposta de negócio... Um assunto pessoal, algo que preciso conversar em particular.

Ele me examinava com cautela, mas ainda assim demonstrou certo interesse. Eu sabia que ele devia ter informações sobre John, mas sabia também que teria de jogar um jogo astuto — o jogo do encantamento da serpente — para seduzi-lo. Minha objetividade pareceu pegá-lo de surpresa, e por um momento ele não falou. Olhei-o nos olhos sem hesitação, até que foi ele quem vacilou. Ele concordou, girou rapidamente nos calcanhares e fez um gesto para que eu o seguisse.

Seu escritório ficava no fim do saguão; uma sala grande com pé-direito alto, decorado com relevos de flores de acanto e vinhas. No centro da sala havia uma armadura medieval. O local parecia opressivo, fechado. Nas paredes ocre havia quadros com molduras douradas, alguns deles com cenas bastante sombrias, em cores escuras. Reconheci alguns trabalhos, como ícones gregos do século décimo; todos os outros não me eram familiares. A mobília era, em sua maior parte, citadina: cadeiras de couro duro e mogno curvo. Uma parede estava completamente escondida por prateleiras de livros; volumes encadernados em couro, muitos deles aparentemente escrituras religiosas. Próximo à sua mesa havia uma caixa de vidro hermeticamente fechada, num suporte onde parecia estar algum tipo de pergaminho antigo escrito em hebraico ou sânscrito. Os traços mais agradáveis da sala eram portas francesas envidraçadas que se abriam para um pequeno terraço com plantas em vasos num jardim com estátuas. Uma brisa fria soprou para dentro através de uma das portas abertas, trazendo com ela a fragrância de jasmim e pinho.

Meissner sentou-se à mesa. Me acomodei em uma cadeira à sua frente e ele me ofereceu um charuto.

Havia uma fotografia na sua escrivaninha; um jovem vestido com uma camisa de colarinho aberto, usando calças de montaria, botas altas, e orgulhosamente exibindo uma bandeira da Baviera. Tinha um chicote de montaria em sua mão e estava em pé, com as pernas abertas e os braços cruzados. Olhando novamente, achei que devia ser o próprio Meissner na foto. Exceto pelo fato de que seu cabelo estava mais ralo agora, e suas feições, mais duras e mais marcadas, ele parecia o mesmo. Sim, não havia dúvida. Era Meissner, mas muito mais jovem. Eu podia ver que a palidez de sua pele havia mudado com os anos, e manchas vívidas eram agora claramente visíveis nas costas de suas mãos cheias de veias. Eu agora calculava que na verdade ele deveria ter uns setenta e tantos anos.

Dei uma olhada na foto mais uma vez e pude facilmente imaginar um jovem de andar de ganso, marchando ao longo de uma avenida de Berlim. Senti um pouco de apreensão, mas era muito tarde para voltar atrás.

Meissner acendeu um longo e fino charuto panamenho e sorriu para mim.

— Bem, senhor Hanson. Qual é a sua proposta?

— É sobre um assunto de artefatos... — fiz uma pausa, olhando seu rosto. Os olhos castanho-amarelados moveram-se levemente, mas então foram escondidos num véu de fumaça de charuto.

Prossegui com cuidado.

— Tenho um cliente com fácil acesso a algumas ânforas do século terceiro antes de Cristo... Teria interesse nisso?

As sobrancelhas de Meissner se juntaram. Seus olhos estavam encobertos. Ele repousou cuidadosamente o longo charuto no cinzeiro.

— Senhor Hanson — disse ele, rispidamente —, por acaso o senhor tem essas peças para mostrá-las agora?

Interrompi-o.

— Bem, eu com certeza não as mantenho no carro, se é o que o senhor quer dizer. Digamos que elas estarão disponíveis em breve.

— O senhor conhece as penalidades por possuir antiguidades ilegais?

— Claro. A questão é... você tem interesse ou não?

Um músculo em seu maxilar se contraiu, e os cantos de sua boca se curvaram para baixo, num sorriso afetado.

— Ânforas do século terceiro antes de Cristo? Eu certamente estaria interessado em discutir sobre isso, mas gostaria de vê-las primeiro. Deve-se ter certeza de sua autenticidade. Você também sabe, eu suponho, que, se elas foram encontradas, serão reclamadas pela Sociedade Arqueológica. E, se forem roubadas...

Eu fui destemido.

— Encontre-me em Míconos pelo meio da semana e eu o apresentarei ao meu cliente. Então o senhor verá por si mesmo se a viagem valeu a pena.

— Oh, Míconos. — Ele abriu um grande sorriso. Vi um lampejo de ouro em seus dentes. — Sou bem familiarizado com a ilha, e estava mesmo planejando para logo uma viagem até lá.

— Então, estamos de acordo? Se quiser checá-las, poderá vê-las na próxima semana em Míconos.

Ele verificou sua agenda.

— Acho que posso organizar isso. Estarei lá na quarta-feira por volta do meio-dia.

— Parece-me bom.

— Ótimo. Irei de barco para encontrá-lo no Iate Clube.

Quando eu estava quase saindo, resolvi dar uma olhada numa outra caixa que ficava próxima a ele. De repente, percebi que Meissner, entre outras coisas, também era um colecionador de objetos nazistas. Dentro da caixa havia uma coleção de medalhas, dragonas e outros itens, todos ostentando a águia com a suástica. Meissner notou meu interesse e destravou a tampa da caixa.

— Ah, sim... — disse orgulhosamente, segurando um anel de ouro. — Este anel pertenceu ao marechal-de-campo Rommel. E esta... — ele apontou para uma fotografia. Era uma impressão desbotada que devia ter sido tirada com uma velha câmera Brownie. Estava descolorida e encarquilhada com a idade, mas a tinta da assinatura ainda era clara no canto inferior. Havia dois homens em pé, de braços dados, próximos a algumas árvores. A face de um dos homens estava na sombra, mas o outro era claramente distinguível. Não havia como errar, a pequena boca apertada sob o bigode de Charlie Chaplin, e os olhos como contas emergindo sob a aba de um chapéu de oficial nazista. Era um Hitler jovem, provavelmente em anos pré-guerra.

— Suponho que você não esteja vendendo nenhum desses? — perguntei.

Meissner recuou, enquanto fechava a tampa e travava a tranca.

— Não, não. Claro, tenho outros que eu vendo, mas estes aqui são um tanto raros e pertencem a mim, pessoalmente. Um período verdadeiramente maravilhoso; você ficaria surpreso em saber quantas pessoas se interessam por estes itens. É realmente muito curioso.

Nós voltamos para o saguão em direção à entrada e eu bruscamente parei no batente da porta de sua galeria de quadros. Um dos trabalhos prendeu minha atenção, imediatamente.

— Se você está familiarizado com Míconos — disse ele —, então provavelmente conhece esse artista. — Ele apontou para as duas pinturas penduradas no fim da parede. Eram grandes telas em espessas molduras douradas trabalhadas. Aproximei-me para observar melhor uma delas. Era um Jesus pregado na cruz, no calvário, feito todo em redemoinhos selvagens e repleto de movimento, muito parecido com os trabalhos de James Ensor ou Van Gogh.

— John Ralston? — disse eu, calmamente. Eu sabia que John era um grande pintor, mas não havia percebido que era um homem tão obcecado.

— É uma história muito triste — a voz de Meissner soou um pouco severa. — Fui informado há alguns dias atrás de que ele faleceu.

Fingi ficar chocado.

— Oh? Eu não sabia disso.

Ele não disse mais nada, quase como se estivesse esperando que eu fizesse algum outro comentário ou pergunta. Fiquei a pensar se ele estava acreditando em mim. Eu não disse nada, mas me dirigi para o outro quadro, para observá-lo melhor. Reconheci o agrupamento de casas do vilarejo em tom pastel; as árvores, a torre do sino da igreja.

— Panagia Evangelistria — disse Meissner. — A Igreja da Virgem, em Tinos. Eu incumbi Ralston de fazer isso para mim no ano passado.

Imediatamente, experimentei o mesmo sentimento de abandono que se sente quando se chega ao fim de um livro e se descobre que as páginas finais estão faltando. Então, era esse o grande mistério da incumbência de Ralston em Tinos — uma pintura da igreja?

Murmurei algum elogio a Meissner sobre sua magnífica coleção na galeria, fingi alguns comentários sobre a morte de Ralston, assegurei-o de que o encontraria na marina em Míconos na semana seguinte e caminhei para fora, para o sol brilhante do meio-dia. Acenei para um táxi que passava.

De volta ao hotel, eu não podia deixar de sentir que a minha viagem havia sido em vão, uma perda de tempo. Eu voltaria para Míconos no próximo vôo disponível.

Capítulo 11

Encontrei Eugene e Dimitri na escuna, esfregando o convés e varrendo o lixo de copos de papel e garrafas vazias de vinho. Devia ter havido uma festa e tanto!

Eugene me olhou de soslaio, com olhos vermelhos. Ele estava de ressaca novamente, sentado na amurada, as mãos tremendo.

— Parece que você deveria beber uma cerveja, Euge.

— Você percebeu, não é? Acabaram-se as Coors mais ou menos às seis esta manhã... e as mulheres! Embora eu ainda tenha algum *retsina*. Divide um copo?

— Não — respondi. Ele também sacudiu a cabeça, negativamente.

— Isso combina bem com vocês, suas bichinhas frescas — disse Eugene, e saiu pingando para a cabine, dando uma busca minuciosa nos armários. Voltou com um copo cheio na mão. — Então, quais as notícias de *Athina*?

Contei a ele sem rodeios.

— Ralston partiu desta para uma melhor.

Ele se virou, repentinamente:

— O quê... morto?

— O médico disse que foi câncer de fígado.

— Por que ele ficou louco então, chefe? — perguntou Dimitri.

Dei de ombros.

— Quem não ficaria, sabendo que está com os dias contados?

A conversa estava começando a ficar séria. Eugene despejou um pouco do forte vinho *retsina* em copos de papel e nós fizemos um brinde a John.

— Você descobriu algo mais, companheiro?

— Não muito. A coisa literalmente chegou ao fim da linha.

Ralston morreu de câncer de fígado, e sua obsessão pelo ícone pode ter sido parte do seu desespero por viver. Imagino que, quando ele soube que não tinha nenhuma chance, voltou sua raiva e frustração contra o ícone. Aquela "incumbência" misteriosa em Tinos acabou sendo um quadro da igreja. Tomei outro grande gole de *retsina* e forcei um sorriso para ele, acenando com a cabeça em direção a Dimitri. — Então, está pronto para uma excursão de mergulho? Tenho um comprador interessado nas ânforas.

A ressaca de Eugene pareceu instantaneamente curada.

— O quê? Você já encontrou um maldito comprador para elas?

— Eu contatei o tal Meissner. É um grande colecionador de arte, com uma galeria em Kifisia e uma coleção impressionante de quadros, incluindo antiguidades. Acho que o convenci a fazer negócio conosco. Pelo menos, ele concordou em dar uma olhada em um dos nossos jarros, como amostra. Estará aqui quarta-feira, ao meio-dia. Então, quando você acha que podemos ir?

Dimitri sentou-se ao meu lado nas caixas.

— Nós ir a Delos *avrío, sto vradi.*

— Sim, amanhã à noite — acrescentou Eugene; ele estava medindo os passos em volta do convés como um gato inquieto.

Dimitri sorriu com uma espécie de careta, mostrando seu dente de ouro brilhante, e havia um lampejo de travessura em seus olhos escuros enquanto ele piscava, colocando de volta o boné sobre a testa. Ali estava um homem resistente, de quarenta e cinco anos, que levava a vida no mar e respirava aventura. Dez anos antes, ele tinha navegado pelo mundo em navios petroleiros, e agora sua pele marrom exposta ao vento estava toda enrugada.

Jovial e de bom temperamento, Dimitri estalou a língua em desaprovação, sacudindo um dedo diante do rosto de Eugene:

— Você não beba tanto — repreendeu ele. — Nós trabalhar amanhã.

Eugene concordou em "ir com calma", e nós também concordamos em nos colocarmos a caminho antes do nascer do sol no dia seguinte, usando a escuridão como proteção para sairmos do porto de Míconos sem sermos vistos. Nós ancoraríamos ao largo de Delos e colocaríamos as linhas de pesca, com Dimitri vigiando enquanto Eugene e eu mergulharíamos para procurar as ânforas. Levaríamos sinalizadores e lanternas subaquáticas, e, com a fraca luminosidade que há um pouco antes do amanhecer, deveríamos ser capazes de localizar as ânforas sem muito problema. Elas estavam repousando em águas rasas, não mais que quatro ou cinco braças abaixo da superfície, e a água do mar era clara. Muitos dos barcos antigos estavam enterrados sob camadas de lama, mas, com alguma esperança, não haveria obstáculos. Nós apenas precisaríamos dos nossos tanques de mergulho e de uma quantidade suficiente de suprimento de ar para libertar algumas das ânforas de argila.

A responsabilidade de Dimitri era preparar a escuna, as ferramentas e o equipamento de pesca. A de Eugene era deixar pronto o equipamento de mergulho, e eu examinaria o melhor lugar para esconder os jarros até que Meissner viesse olhá-los.

— Ok, estou saindo daqui para encontrar Linda. Vejo vocês mais tarde — disse eu.

A Taverna do Niko já estava cheia quando a vi, naquela noite. A multidão que passara a tarde na praia chegou e estava sorvendo os vinhos baratos da ilha, trocando histórias de viagens, alguns rascunhando mensagens para casa em cartões-postais.

— Garth, perguntei por você por aí afora — disse ela, beijando-me no rosto. Algo no líquido e melado tom de sua voz me desarmou. — Ian me disse que você havia deixado a ilha.

— Sim, fui a Atenas por uns dias.

— Oh, é mesmo? O que aconteceu? — Suas sobrancelhas finas curvaram-se curiosamente.

— Sinto dizer-lhe, mas John faleceu em Atenas.

Ela inspirou profundamente. Seus olhos se arregalaram em choque.

— Oh, não...

Achei que ela fosse chorar; peguei sua mão e a apertei levemente. Ela juntou seus dedos em volta dos meus e me encarou fundo, então se recompôs e retirou a mão.

— Vamos dar uma volta...

Pedi ao garçom para segurar a mesa. Peguei-a pela mão e vagueamos pelos degraus para ver a mundialmente famosa Igreja Paraportiani. Era quase uma mágica estrutura de formas cubistas, que girava e se alongava em direção ao céu, desenhada por um artista *art déco* lá pelos anos 1930. Com o passar dos anos a igreja caiu em declínio, entretanto, ela permanecia como um dos pontos turísticos mais conhecidos de Míconos. Contei a Linda que eu havia ido visitar Fredericks e Bryan e que, no fim das contas, eles tinham muito pouco a me dizer. Ela ainda parecia sentir que John acreditava ter sido amaldiçoado por alguma razão. Mas expliquei-lhe que a coisa tinha se mostrado ser mais que isso.

— John sabia que estava morrendo. — Fiz uma pausa para observar a expressão dela. Estava sentada bastante ereta, contida. Seu rosto não revelava o que ela poderia estar pensando.

— Em minha opinião — continuei cuidadosamente —, a obsessão de John pelo ícone originava-se do fato de que ele desejava alguma cura miraculosa para seu câncer.

Linda balançou a cabeça, tristemente.

— Pobre John! — ela repetia, correndo os dedos pelos longos cabelos negros, os olhos marejados. Não pude deixar de me perguntar se eles haviam sido amantes, mas não me pareceu apropriado perguntar sobre a ligação que havia entre eles.

— Eu realmente não sei mais nada além isso — afirmei. — A embaixada britânica está tentando localizar membros da família para entregar os pertences dele. Você sabe de alguém?

Ela negou com a cabeça.

— Ele nunca mencionou nada.

— Que sua alma repouse na paz de Deus — disse eu.

— Ele era um homem tão calmo, gentil — comentou ela —, tão voltado para a espiritualidade... era capaz de passar dias sozinho em seu estúdio lendo a Bíblia.

— Ah, que ótimo... isso lhe fez muito bem — afirmei, em tom de ironia.

Ela me olhou como se meu comentário fosse inapropriado.

— Pelo menos ele tinha fé em alguma coisa — rebateu ela. — No que você acredita?

Linda tinha me encurralado, e eu sabia que não bastaria dizer qualquer bobagem superficial como resposta. Olhei no fundo de seus olhos.

— Ah, merda, lá vamos nós de novo. Ok, você quer ouvir isso. Quer ouvir tudo? Está bem. Eu acredito em Deus, no Diabo, em Jesus, no bem e no mal. Mas não concordo com a religião organizada. Não gosto do que eles fazem com as pessoas, interpretando seus ideais para servir a seus próprios interesses. É muito mais complexo para a maioria das pessoas, e nós sabíamos disso no sacerdócio. Tudo remete a quando eu era criança, na igreja: um dia, quando eu tinha apenas sete anos de idade, fui para a igreja e esquivei-me para dentro quando ninguém estava olhando. Sempre tinha querido subir até o altar para ver o que havia de tão misterioso dentro da caixa que o padre punha para dentro e para fora o tempo todo. Você sabe, o lugar para onde eles levam o cálice? Bem, tive uma grande surpresa quando descobri que Deus ou Jesus não estavam lá de jeito nenhum! Então, infelizmente, o padre me viu, agarrou-me pelo colarinho e esbofeteou meu traseiro sem piedade. Eu deveria saber que alguma coisa estava muito errada já naquele momento, por aqueles que supostamente acreditavam em Jesus baterem numa criança daquele jeito. Mas então você olha para o que a Igreja cristã fez aos pacíficos cátaros em 1209. O papa Inocêncio III mandou exterminá-los em Languedoc, na França, na Cruzada

Albigense; tudo porque eles se recusaram a servi-lo. Eles exterminaram até mesmo os leais Cavaleiros do Templo, que fizeram as Cruzadas pela Terra Santa para a Igreja. Francamente, eu nunca pude entender a brutalidade desses eventos, entre muitas outras coisas no correr dos tempos.

— Há muita brutalidade ao longo das eras, em todas as religiões — comentou Linda. — É da natureza humana, penso eu.

— Bem, isso não me convence. Hoje em dia, eu sou pela insubordinação individual contra qualquer seita ou autoridade religiosa que requeira fé cega. Separar as pessoas é o que as religiões organizadas ocasionam... e essas são apenas algumas razões pelas quais eu saí. Por exemplo: Jesus nunca disse "vá e comece uma igreja"; isso veio de São Paulo, que era um coletor de impostos. Essa era a mentalidade dele, não de Jesus.

Linda divertia-se.

— Você parece "esquentar" sob o colarinho clerical quando o assunto é esse, não?

— Melhor acreditar nisso. Eu me sentia culpado por ter pregado aquele lixo por dois anos. Só porque meu pai era pastor, fui empurrado para a ordem para seguir suas pegadas. O único problema era que eu não tinha fé o suficiente. Quero dizer, quem eram mesmo os Apóstolos de Cristo? Tudo o que nós sabemos é o que está escrito nas escrituras. A próxima coisa que você pergunta é: "Quem é Deus? O que é Deus?" E o homem inteligente e racional olha em volta de si e diz: "Isso é estranho". Em hebraico, Deus é chamado *Jehovah*; em terras árabes ele é chamado *Allah*, e em hindu é chamado *Krishna*.

— Está certo — disse ela —, mas o que você está conseguindo com isso?

— Meu ponto é: todas essas religiões estão falando da mesma coisa, o mesmo Deus! Ainda assim, essas religiões tentam manter as pessoas separadas por suas razões egoístas e manipuladoras. Eu estou cheio disso.

— Entendo seu ponto de vista. Toda essa boa religião certamente não parecia fazer nenhum bem a John, mesmo. Na verdade, parecia confundi-lo, inclusive sexualmente.

— A ligação dele com Fredericks e Bryan... — Você acha que John era...?

— Homossexual? Eu duvido, mas tudo é possível. Ele tentou me atacar uma vez, mas por alguma razão não foi capaz de levar a cabo. — Havia um fio cortante em sua voz quando ela disse isso.

Decidi mudar minha linha de investigação.

— O que você sabe sobre um homem chamado Meissner? — No mesmo instante, vi a cor de seu rosto mudar de corada para pálida. Era como se eu tivesse lhe atirado uma granada. Ela deu uma tragada nervosa no cigarro, apagou o toco impacientemente na areia.

— Meissner? Por que, não era o cara que contratou John para fazer um trabalho no ano passado?

Meu rosto podia ser uma máscara tanto quanto o dela. Eu não tinha a intenção de divulgar nenhuma informação sobre Meissner, ou meu encontro com ele.

— Sim. Bem, o que mais você sabe sobre ele?

Havia um expressão insípida, fria, em seus olhos. Ela parecia haver se recolhido para dentro de si. Falou vagarosamente, escolhendo as palavras:

— Aparentemente, era um grande colecionador. Aparece aqui de vez em quando em seu iate luxuoso. Isola-se dos outros. É tudo o que eu sei sobre o homem. — Ela se levantou, atirou os cabelos para trás sobre os ombros nus e pegou a bolsa de praia. — Obrigada por toda a sua ajuda... Diga a Eugene que nós estamos prontos para entrar em ação.

Eu a observei caminhar para fora do bar. Sua partida súbita e a mudança de humor igualmente repentina me surpreenderam, mas talvez esse fosse apenas o seu estilo. Linda era obviamente mais um tipo de solitária. Uma dessas pessoas incapazes de relacionamentos, e, nesse assunto, eu não era ninguém para julgar.

Capítulo 12

Nas primeiras horas da manhã, sob um céu iluminado por estrelas cintilantes, a velha escuna saiu calmamente do porto de Míconos. Uma brisa leve estava soprando; nós içamos as velas e deslizamos em direção ao mar. As ilhas de Delos e Renia eram contornos escuros contra o céu. A alvorada estava apenas rompendo o horizonte a leste, e os primeiros riscos cor-de-rosa do sol nascente coloriam as margens das nuvens. Parecia que estávamos sozinhos no mar, embora, a tempo, tenhamos percebido sinais da primeira esquadra de barcos pesqueiros saindo para a pesca da manhã. À nossa frente estava o austero contorno de granito da costa de Delos.

Dimitri dirigia a escuna diretamente rumo a oeste, em direção ao cabo protetor de Renia e o estreito canal que a separava de Delos. O sol nascente estava às nossas costas. As encostas rochosas de Delos e Renia se tornavam claramente definidas, as sombras mudando de preto para violeta, tocadas com a tenra luz do amanhecer. O mar era raso nesse ponto, de um azul cerúleo claro.

Nós estávamos nos aproximando do antigo porto de Delos. Alguns dos pórticos e pilares do *Precinto Sagrado* estavam claramente visíveis. A luz pálida moldava um misterioso halo brilhante em volta de tudo. Permanecemos quietos a bordo, temendo que nossas vozes pudessem ser ouvidas através do estreito canal e alertar os guardas. Baixamos as velas e deixamos cair a âncora. Senti uma onda de excitamento enquanto vestia minhas roupas de mergulho e os tanques, mas também me senti cansado. Era o mesmo sentimento que eu tinha tido ao entrar no santuário de Tiniotissa. Esta porém era a ilha sagrada de Apolo, e havia um sentimento sinistro emanando de Delos, uma energia invisível ou uma presença divina.

Esqueci meus medos quando Eugene e eu escorregamos para as águas claras e frias. Fizemos um leve chapinhar enquanto submergíamos, então tudo ficou silencioso quando entramos no mundo etéreo sob a superfície do mar. Descemos mais ou menos duas braças. A água estava clara como cristal verde.

Eugene se movia à minha frente, impulsionado pelas nadadeiras. Abaixo de nós, divisávamos os contornos de objetos espalhados no fundo do mar. Enquanto nadávamos mais uma braça para baixo, os objetos tomavam formas distintas. Havia duas ou três ânforas cobertas com lama e escombros.

Tínhamos que trabalhar rapidamente, antes que o ar em nossos tanques começasse a se esgotar. Eugene puxou uns dos velhos jarros de argila, e com cada puxão vinha uma névoa branca de sedimento. Ele liberou a ânfora de seu antigo lugar de repouso e começou a lutar com outro jarro coberto de cirrípedes. Peguei minha faca e ajudei-o a libertá-la. Encontramos seis ânforas facilmente, mas as outras demandariam mais tempo para serem removidas, já que estavam incrustadas juntas.

Eugene me fez sinal para subir à superfície e trazer para baixo as redes necessárias para proteger o saque, assim as ânforas seriam facilmente levantadas até a escuna. Rompi a superfície da água silenciosamente, olhando em volta. O céu havia se iluminado e a claridade me preocupou, porque não restava muito tempo. Dimitri arremessou para mim as redes pelo lado do estibordo. Limpei minha máscara, fiz a Dimitri um sinal de "ok" e mergulhei novamente. Eugene estava lutando com uma ânfora presa entre duas pedras. Ajudei-o a libertá-la e fiz sinal de que a rede estava pronta. Colocamos as ânforas cuidadosamente dentro dela. Havia seis e, embora estivessem bastante incrustadas com corais e matérias marinhas, podíamos ver que elas estavam em condições suficientemente boas para serem vendidas.

Nós olhávamos para cima enquanto nossos tesouros vagarosamente faziam seu caminho em direção à superfície. Dimitri puxava a carga oculta por sobre o estibordo, quando de repente começou a fazer sinais frenéticos. Ele deixou cair um sinalizador luminoso e preparou as redes de pesca, pronto para lançar. Subi até perto da superfície e olhei para ele; ele olhava fixo para baixo, para nós, com uma expressão de pânico puro.

Havia algum tipo de problema, e, sem um minuto a perder, submergi novamente. Sob o barco, sentimos a vibração de outro barco colocando-se ao lado. O tempo parecia sem fim... Eugene me fez sinal apontando seu tanque e cruzando uma mão, como se cortasse seu pescoço: nossos tanques de oxigênio estavam se esgotando, e seus olhos, arregalados de medo.

Dimitri finalmente deixou cair um sinalizador luminoso, nos fazendo saber que estava tudo bem agora, e, no momento em que subimos à superfície novamente, eu respirei, arquejante. Eugene subiu gaguejando ao meu lado, arrancando a máscara do rosto. Nós olhamos para Dimitri, que estava curvado por sobre o estibordo, nos fazendo um sinal de vitória. Agarrei a escada de corda que ele nos atirou por sobre a popa, e nós nos arrastamos pelo convés.

— O que aconteceu? — Eugene perguntou enquanto tirava seus tanques.

— O barco-patrulha fez uma visita aqui, chefe. Alguém na costa também me viu. Um grande problema se eles nos pegam. Nós vamos... nós vamos rapidinho. Sim? — Dimitri tinha ligado os motores e estava pronto para nos levar para fora do canal. Atrás de nós, Delos brilhava a distância, banhada em raios de luz dourados.

As ânforas estavam seguras sob uma lona encerada, trancadas no porão principal, o equipamento de mergulho rapidamente escondido num armário.

— Aqui está, ao sucesso! — falou Eugene, a mão tremendo enquanto me entregava um copo de conhaque.

— Só uma coisa me preocupa, velho camarada — disse eu.

— O que é, companheiro?

— Tenho que ficar me lembrando de que, quando negocio com Meissner, estou lidando com uma maldita cobra.

Capítulo 13

Naquela noite, caiu uma tempestade horrorosa, e uma densa cobertura de nuvens obscureceu a lua e as estrelas. Não havia tráfego na estrada da praia, e o vento encrespou o mar numa espuma escura, uivando furiosamente através do promontório. Desliguei os faróis do velho Willy's quando encontrei as silhuetas dos moinhos de vento. Encostei e estacionei o jipe atrás de um velho barracão. As velas esfarrapadas do velho estúdio de John gemeram, como que em agonia, e as venezianas batiam livremente, quase escangalhando as dobradiças. Lutando contra a força do vento, arrastei o pacote embrulhado de ânforas em volta da porta do estúdio, puxando-as com força para dentro. Não era provável que alguém as encontraria naquela miserável ruína caindo aos pedaços. Mas, se por acaso alguém o fizesse, provavelmente acusariam Ralston, e como poderiam processar um homem morto?

A pequena chama do meu isqueiro lançava sombras sinistras no quarto escuro. Ele cheirava a pó e mofo, a lixo velho fermentado. Havia um armário sob a despensa, do tamanho certo. Empurrei as ânforas para dentro e tranquei a porta. A corrida dos ratos me assustou, e senti o cabelo arrepiar na minha nuca.

Apressei-me para fora e pulei para dentro do jipe, sentindo uma sensação de alívio. Mas os ventos em torno do estúdio de Ralston pareciam sinistros, como os uivos fatais de demônios celtas.

Mais tarde, encontrei Eugene no Dubliner, cercado de um grupo de jovens vistosas, umas belezas. Ele estava com o rosto vermelho do álcool, e gotinhas de *brandy* aderiam como gotas de orvalho âmbar sobre os pêlos de seu bigode castanho.

— Você parece que viu um fantasma! — uma das garotas comentou no bar escuro.

Sorri para ela ligeiramente, numa careta. Ela estava sentada à minha frente, e por um momento cheguei a crer que fosse Linda. A semelhança era assombrosa; o mesmo rosto anguloso, a pele cor de oliva emoldurada pelo cabelo preto liso. Tinha um sorriso amplo, mostrando os dentes cor de marfim retos e alinhados, e seus olhos eram verdes como o mar. Apresentei-me, e ela disse que seu nome era Maria. Ela e as amigas eram aeromoças em escala na ilha.

— Estamos em Míconos por alguns dias — explicou. — Temos que estar de volta ao Hilton em Atenas antes do fim de semana.

Havia um certo tom sugestivo no seu tom de voz enquanto ela olhava para mim. Seus lábios estavam úmidos, sedutoramente vermelhos. O perfume sugeria exóticas noites tropicais, e eu senti minha força de vontade enfraquecer. Mais alguns *brandies*, e eu estaria tão flexível como a argila do oleiro. Eugene olhou pra mim e prendeu minha atenção.

— Os jarros estão seguros — murmurei para ele. Eugene tirou o rosto para fora do espaço entre os seios da garota loira e sorriu maliciosamente. Parecia Pã pego no ato. Então voltou sua atenção para a garota e começou a beijá-la apaixonadamente.

Maria havia acabado seu drinque, então eu a peguei gentilmente pelo braço.

— Venha, vamos sair daqui e aproveitar o luar.

Ela pegou minha mão e me seguiu para fora. Pus meu braço em volta de sua cintura e puxei-a pelo vão da porta.

— O que você diria de vir ao meu estúdio e ver minhas gravuras? — brinquei.

Ela riu.

— Oh, um artista, hein?

— Uma droga de artista.

— Oh, eu gosto disso, um homem com senso de humor — disse ela, suavemente. Ela estava indo bem do seu jeito e havia um tremor na sua voz, como se estivesse carente. Titubeou contra mim enquanto descíamos a rua. Então, quando alcançávamos a esquina da viela estreita, quase colidimos com alguém que havia saído precipitadamente da rua ao lado.

— *Signome*. Desculpe-me — disse eu. Uma jovem mulher havia deixado cair sua bolsa e o conteúdo espalhou-se aos meus pés. Maria e eu a ajudamos a recolhê-lo. Ela não falava, mas na pálida luz da iluminação da rua pude ver seu rosto e achei que parecia familiar. Ela havia chorado fazia pouco, e riscos de rímel tinham manchado a pele sob seus olhos. Mas aqueles olhos escuros luminosos e cachos de cabelo castanho puxados para cima... ela me lembrava alguém, mas eu não conseguia saber de onde.

A mulher apanhou a bolsa da minha mão e, sem pronunciar uma palavra, apressou-se em ir embora, a figura esbelta desaparecendo nas sombras.

— Você a conhece? — perguntou Maria.

— Não tenho certeza.

— Seja quem for, ela parecia estar aflita.

Aquele encontro me deixou inquieto, e então me lembrei da jovem delicada com pele de marfim e cabelos castanhos cacheados.

Capítulo 14

Acordei pela manhã com a cabeça latejando e a boca com uma sensação de ter sido enchida de algodão prensado. Lutei contra a fraqueza para sair da cama. Eugene ainda estava roncando, os sons vindos de seu quarto como entediantes estrondos de trovões distantes. Todas as garotas haviam partido sem deixar rastro — exceto pela débil fragrância prolongada do perfume de Maria.

Lembrei-me de suas palavras quando fui arrastado pelo sono:
— Vocês, playboys de meia-idade, são todos iguais. Muita fala e pouca ação.

Meia-idade, é? Mas, quando me olhei no espelho, soube que ela estava certa. Eu via o retrato da boemia: a barba por fazer, arcos azulados sob os olhos e a certeza de que alguns cabelos brancos a mais tinham aparecido.

Joguei água fria no rosto e preparei um café. O quarto não era arrumado havia semanas e parecia o local de um crime. O restante do vinho da última noite ainda estava nos copos. Derramei os restos na pia e abri as venezianas. A luz do sol arrebentou em meus olhos como uma luz de Kleig de mil watts, e uma rajada de vento fresco e morno encheu o cômodo. Pensei em como seria bom passar o dia todo na praia e apenas me esquecer de tudo por um momento, mas minha mesa estava cheia de trabalho. Separei a bagunça de cartões-postais e fotografias e estudei esboços de ícones. Uma vez que o negócio da ânfora estivesse decidido, prometi a mim mesmo, eu acabaria o maldito negócio do ícone e então poderia justificar um longo repouso; um cruzeiro, talvez, ou a visita a outra ilha, para variar.

Eu estava justamente vestindo meu jeans quando ouvi uma batida frenética na porta. Era Dimitri. Ele havia corrido o caminho todo desde o porto e estava sem fôlego, gesticulando freneticamente, tomado de excitação.

— Ela veio, ela aqui — exclamou ele.

— Quem veio? — perguntei, olhando pela janela.

— A iate. Eu a vi vindo passando o cabo.

— Meissner?

— *Nai!* Outros pescadores me falaram, eles conhecem o barco. Eles viram barco muitas vezes antes. O que nós vamos fazer, chefe? — Ele estava pulando para cima e para baixo na varanda aberta feito uma criança.

— Então, eles já estão aqui... Mas por que um dia antes?

— As ânforas, elas estão seguras, chefe?

— Não se preocupe, Dimitri — dei-lhe um tapinha no ombro. Dimitri sentou-se numa cadeira. Eu lhe servi um copo de água.

— Vou descer para o cais. Você fique aqui e acorde Eugene. Diga-lhe para pegar o jipe e a câmera polaróide dele e levá-la até o estúdio de Ralston, para tirar algumas fotos das melhores ânforas, e depois levá-las até a escuna. Encontrarei vocês lá mais tarde.

Assim que cheguei lá embaixo, no porto, vi o iate de Meissner ancorado do lado de fora. Era uma embarcação impressionante, que fazia os outros barcos parecerem de brinquedo. Estavam hasteadas as bandeiras da Alemanha, de Malta e da Grécia, e trazia ainda um estandarte do Iate Clube de Atenas na proa. A identificação na popa dizia tudo: "*Eva-lin*, Pireu, Grécia".

Meissner estava visível no tombadilho, vestido com calças de linho branco e uma camisa estampada. Ele usava o chapéu branco de capitão e me dirigiu uma saudação formal enquanto descia pela escada de tombadilho para me receber.

Estudei-o enquanto ele andava em minha direção com seus passos largos e rápidos. Tudo nele parecia vertical — da longa, fina linha de seu torso ao rosto pensativo com feições delgadas.

Ele estendeu sua mão educadamente conforme se aproximava, mas não estava sorrindo. Seus olhos de âmbar pareciam transparentes, sem expressão.
Havia mais do tom gutural alemão em sua fala.
— Ah, senhor Hanson, eu não esperava vê-lo até amanhã. — Dessa vez, seu sotaque inglês estava menos preciso.
— Eu também não esperava vê-lo — afirmei. — Você está um dia adiantado, não está?
Ele foi seco.
— Essa é uma observação brilhante, senhor Hanson. Agora, onde estão as peças que você tem para mim?
— Elas estão por aqui — respondi. — Mas você não respondeu a minha pergunta: por que veio aqui um dia antes?
— Sou um homem muito ocupado. Um dia antes, um dia depois, qual a maldita diferença?
— Bem, faz diferença para mim. Receio que você precise esperar até eu estar pronto.
— Vamos parar com jogos. Pensei que você tivesse essas peças prontas para eu vê-las. Sim ou não? — Ele tinha um tique nervoso num músculo do maxilar e começava a parecer bastante agitado. Permaneci o mais calmo possível, detectando um caráter desagradável e um temperamento sagaz, temível.
— Sim — assegurei. — Um bom pequeno lote de ânforas datado do período pré-clássico. Agora, se puder esperar uma hora eu voltarei com algumas fotos.
— Apenas fotografias? — Meissner rangeu, impacientemente.
— Bem, o que você quer de nós? Fabricá-las bem aqui no cais? Agora relaxe e jogue o nosso jogo ou o maldito negócio está acabado.
— As ânforas estão aqui em Míconos ou não?
Percebi seus olhos frios, sem vida, olhando para mim em busca de uma pista.
— Sim, elas estão aqui. Agora você vai se alegrar?

Ele estava começando a se acalmar. Parecia satisfeito, fitando o mar, como se estivesse imerso em pensamentos. Os músculos retesados de sua face tinham finalmente relaxado. Lembrei-me de algo naquele momento, a maneira como ele se parecia enquanto ficava lá em pé, como um velho oficial alemão da SS, mas, quando ele voltou a falar, o pensamento da minha mente se dissipou.

— Ouça, eu não quis ser petulante, senhor Hanson — disse ele, de uma forma bastante agradável. — Apenas gosto de me movimentar depressa para evitar deixar pistas para a polícia.

— Não se preocupe, nós somos profissionais — eu lhe assegurei. Ele retirou seu boné e me deu um firme aperto de mão.

— Mostre-me suas fotos em uma hora. — Arrancou um sorriso apertado de sua boca fina. — Gostaria de se juntar a mim para o almoço, nessa mesma hora?

— Por que não? — disse eu, sorrindo de volta para ele. Mas de alguma maneira senti-me como aquele que é encantado por uma cobra deve se sentir quando uma serpente oscila à sua frente. Ele inclinou-se brevemente, sua saudação costumeira, e me acompanhou escada abaixo até o cais.

Capítulo 15

Tomei o caminho mais longo para contornar o cais, percorrendo as pequenas ruas e corredores até o *platias*, ao longo do lado norte do porto, onde os barcos estavam atracados. Meissner era certamente astuto, e eu sabia que ele devia ter mandado que me seguissem, então fiquei de olho.

O jipe estava estacionado próximo da escuna azul e vermelha, e Eugene bebia cerveja no tombadilho. Ele me ofereceu uma enquanto eu subia pela prancha estreita.

— Missão cumprida — afirmei, com um suspiro de alívio. Peguei a cerveja agradecido, mesmo que não fosse nem meio-dia ainda; o sol já estava queimando. Eugene tinha tirado a camisa e os cabelos avermelhados de seu peito estavam brilhando com o suor. — Você tirou as fotos?

— Sim. — Ele tomou um longo gole de cerveja e então arrotou, estendendo as fotos para mim. Lá estavam dez polaróides mostrando a ânfora mais bem conservada em diferentes ângulos. Nas fotos, o enfraquecido entalhe de marcas antigas ainda era visível, apesar de todos os cirrípedes e corais. Eu enfiei as fotos com cuidado no bolso.

— Meissner definitivamente está interessado. Acabei de falar com ele.

— Mas por que ele veio um dia mais cedo?

— Não sei. Estou tentando descobrir isso. De qualquer maneira, ele vai pagar. Eu digo que nós vamos começar por no mínimo vinte mil por peça e negociar a partir daí.

Eugene assobiou enquanto ele fazia um rápido cálculo mental.

— Isso dá uns bons cento e vinte mil.

— Dividido por três — lembrei.

Ele coçou a cabeça.

— Sim, isso dá mais ou menos quarenta mil para cada. E... tem mais jarros de onde esses vieram!

— Ei, não vamos ser gananciosos demais.

— Ganancioso? Eu, ganancioso, companheiro? — ele riu. — Você viu como foi fácil tirar aquelas ânforas do fundo.

Uma vez que Eugene tinha experimentado o gosto da coisa, não havia como ser racional com ele. Mas isso não importava naquele momento; eu tinha um encontro marcado a manter, e já era quase meio-dia.

O *meltemi* da tarde soprou forte no mar, e tudo em seu caminho moveu-se ou girou sem esforço. Gotículas das ondas espumosas cintilavam no vento. Os barcos eram chacoalhados de um lado para o outro como pedaços de rolha puxados por fios, correntes de âncoras arranhando e rangendo, o cordame sovado como se fosse rasgar e se quebrar em dois. Mas o iate de Meissner permanecia calmamente atracado, tão soberano quanto um luxuoso barco de cruzeiro.

Seu comissário de bordo estava esperando por mim e me saudou formalmente quando eu cheguei. Ele falou com uma voz macia e educada com sotaque francês.

— *Monsieur* Hanson? Por aqui, por favor. — Segui-o para dentro de uma elegante cozinha de navio, onde as mesas estavam postas com cristal brilhante e louças resplandecentes. Buquês de rosas vermelhas e amarelas enfeitavam cada uma das quatro mesas. Meissner já estava instalado e se levantou para me saudar.

— Posso lhe oferecer uma bebida? Champanhe, talvez?

Antes que eu pudesse responder, ele fez um sinal ao comissário de bordo, que trouxe um balde de prata cheio de gelo com uma garrafa de Dom Perignon. Ele tirou a rolha com perícia e esperou que Meissner provasse; então, serviu uma taça para mim. Ergui minha taça para Meissner e sorri graciosamente.

— Aqui está, pela boa vida — afirmei, brindando à sua saúde.

Enquanto ele retribuía o brinde, dei uma olhada nas cadeiras vazias. As mesas estavam postas para mais de dois.
— Esperando mais alguém?
— Não agora, mais tarde. Antes, devemos ficar sozinhos para discutir nosso negócio.

Os comissários, vestidos de azul-marinho, volteavam em torno de nós, trazendo comida, cestas de pão fresco, canapés de coquetel de caranguejo, alcachofras no vinagrete, pequenas porções de caviar e salmão defumado.

Quando a garrafa de champanhe estava vazia outra foi colocada à nossa frente. Os comissários esperavam discretamente à distância, sempre prontos a tornar a encher os pratos de comida. Meissner manteve a tagarelice: histórias de viagens, anedotas e, ocasionalmente, perguntas sobre arte, como se estivesse pescando informações. Eu tomava cuidado para não divulgar muito, trocando com ele o mesmo número de histórias de viagem e da vida em Míconos. Depois de um tempo ele pareceu mais relaxado, rindo facilmente.

O comissário de bordo trouxe uma vasilha de barro de *sauerbraten* numa marinada de vinho e vinagre. Depois que o garçom serviu algumas colheradas em nossos pratos e despejou mais champanhe, Meissner acenou para que ele nos deixasse. O tempo das amenidades estava terminado e Meissner mudou de um sujeito loquaz para um conciso homem de negócios.

— Bem — disse ele diretamente —, você está pronto para me mostrar alguma coisa?

Era hora de apresentar-lhe a mercadoria. Coloquei sobre a mesa as fotos, enquanto ele puxava um par de óculos de armação de metal. Meissner se curvou bastante perto de cada fotografia, examinando entusiasticamente cada uma com uma lente de aumento. Finalmente, ele retirou os óculos, colocou-os na mesa e olhou para mim sagazmente.

— Muito bom. Essa ânfora parece ser aproximadamente do século quinto antes de Cristo, e não do quarto.

— Certo, século quarto, quinto. Que diferença faz? Uma partida de esgrima verbal?

Certamente eu trocaria alguns golpes com ele, se era o que ele estava procurando.

— Claro que faz diferença. Então, quantas dessas você tem?

— Várias. Em quantas você estaria interessado?

— Isso depende da condição. A condição delas é muito importante para o valor de revenda.

Respondi-lhe cuidadosamente.

— Bem, posso lhe assegurar que todas estão em muito boas condições, e meu cliente está pronto para fornecê-las a hora que você quiser por vinte mil cada uma.

Meissner empurrou para longe de si o prato de comida intocado.

— Entendo... Parece que vocês tropeçaram numa descoberta bastante grande. Presumo que nós estejamos falando em dólares, e não libras esterlinas?

— Exatamente. E, deixe-me dizer, se você estiver pronto eu posso entregar uma para você, como amostra, amanhã. O resto dentro de uma semana.

Isso pareceu animá-lo. Ele tamborilava os dedos no tampo da mesa, como se estivesse calculando.

— Se elas estiverem em boas condições, eu lhe oferecerei dez mil a peça.

Senti-me diminuído pela oferta, mas mantive minha voz fria, calma e controlada. Sacudi a cabeça.

— Não pode ser. Há um risco muito grande envolvido. Meu cliente nunca consideraria essa oferta. Eu estou falando de vinte cada ou esqueça.

Meissner olhava para mim silenciosamente com os olhos apertados.

— Isso é um pouco elevado para mim.

Não hesitei e fingi me levantar para sair. Ele de repente agarrou meu braço e me puxou para baixo, reagindo com outra oferta.

— Quinze — ele disse.
— De maneira alguma — novamente recusei.
Ele mexia com os óculos; bebeu um gole, sem tirar os olhos de mim.
— Está certo — disse ele com teimosia. — Vinte, maldito seja. Mas apenas se elas estiverem em excelentes condições.
— Estão ainda melhor que isso — disse eu, alcançando-o do outro lado da mesa. Demos um aperto de mãos, selando o acordo. — Negócio fechado.
— Sexta-feira — disse ele, levantando-se abruptamente e me fazendo a inclinação formal. — Agora, se você me desculpar, tenho outros compromissos.
— Entrarei em contato — afirmei, e fui acompanhado para fora do barco pelo comissário de bordo.

Enquanto eu fazia meu caminho de volta, junto ao caminho do porto em direção às tavernas da praia, virei-me e observei Meissner na ponte. Ele já não vestia mais o paletó de linho ou a gravata de seda azul. Só dessa vez parecia despreocupado, mas ainda um verdadeiro retrato de um homem com origens germânicas.

Minha cabeça estava girando com o bom e caro champanhe, e a deliciosa comida *gourmet* enchia meu estômago. Eu sabia que, uma vez que ele visse todas as ânforas, compraria tantas quantas pudesse pôr suas mãos gananciosas. E, com a oferta de uma grande soma de dinheiro a ser obtida, eu estava pronto a embarcar nessa aventura, mesmo que não gostasse do rosto de Meissner.

❦

Na pequena cabine de um barco a motor amarrado ao lado da ancoragem de Meissner, um homem de pele escura cor de oliva, vestido com uma camisa havaiana, chapéu de pescador e óculos de sol, ajustou o foco da lente teleobjetiva de sua câmera. Ninguém parecia notá-lo enquanto o obturador sussurrava, registrando todo o movimento no cais e em volta dele.

Capítulo 16

O vento uivava freneticamente através dos labirintos de ruas e vielas, conduzindo todos porta adentro para escapar das nuvens de poeira. Encontrei Eugene e Dimitri dentro do *kafeneion* jogando *tavli*.

— E aí? — disse Eugene levantando o olhar do tabuleiro.

Eu me sentei, exausto, quase incapaz de falar.

— O negócio está feito. Ele concorda em pagar vinte mil a peça. Não subirá nada mais além disso.

Eugene pareceu satisfeito e concordou com um aceno de cabeça.

— Está indo bem, cara. Mas você já pensou que talvez nós estejamos sendo muito modestos? Você sabe que essas coisas valem muito mais ao comprador final lá fora. Elas estavam a trinta mil na Christie's.

— Sim, mas não somos a Christie's. Tenho esperança de que, se nós vendermos a primeira peça a ele, estimulamos seu apetite e então subimos o preço.

Eugene bateu seu punho na mesa, espalhando as peças de *tavli*, quase golpeando por sobre os copos.

— Maldição, agora você está pensando. Eu não lhe disse que as ânforas eram o negócio… Junte-se a mim, companheiro, e nós todos seremos ricos, ricos, ricos rapidinho!

Eu não conseguia me sentir tão entusiasmado. Ainda havia uma chance de ser pego e muitas pontas soltas que me perturbavam.

— Veja, Euge — disse eu, calmamente —, tem algo sobre esse negócio que me preocupa.

— Como o quê?

— Meissner; eu não me sinto bem em relação a ele, há alguma coisa nele que não me inspira confiança.

Eugene me bateu no ombro de modo tranqüilizador.

— Tome uma bebida, velho amigo. Tudo está sob controle. — Ele balançou um copo de uzo à minha frente. — Apenas deixe comigo, ok?

— Eu tentarei — relaxei com um gole e senti uma onda de energia renovada.

— Ei, não é a evasiva senhorita Heller que está lhe dando nos nervos, é?

— Não, cara. Eu estou lhe dizendo que é o Meissner.

— Bem, você sabe o que dizem sobre muito trabalho e nada de diversão; pelo amor de Deus, relaxe, homem.

Depois de nosso encontro, saí pela estrada do porto para tomar um pouco de ar. As rajadas do vento *meltemi* haviam acalmado e o mar tinha abrandado. O sol empalidecendo era como um pêssego, banhando a brancura pura do vilarejo em um brilho quente rosado e intenso. A quietude da tarde havia trazido as pessoas para fora novamente e, ao longo de toda a Kambani e outros caminhos principais, eu podia ouvir vozes e risos.

Uma longa linha de turistas estava fazendo fila na Praça do Táxi, esperando por transporte. A balsa da tarde deveria ter acabado de chegar. Percebi um Rolls-Royce antigo abrindo caminho pelo trânsito congestionado da praça. Era cinza-prateado com cromo polido, e reluzia como se fosse novo. Não se viam muitos desses nas ilhas; sem dúvida, era um item de colecionador. Havia quatro pessoas no carro: três homens e uma mulher — ou pelo menos era o que eu pensava até perceber as placas de licenciamento com as iniciais UK (Reino Unido). Eram Bryan, Fredericks e seus dois empregados. O rapaz alemão, Eric, estava dirigindo e gesticulando iradamente enquanto avançava o carro em direção à multidão de turistas. Alguém fez um gesto rude e praguejou:

— Atenção aí, seus imbecis.

Eric gritou algo impacientemente e manobrou o Rolls pela estreita passagem atrás dos prédios, acelerando o motor e correndo na direção do porto feito louco.

Eu imaginava aonde aqueles sujeitos pretensiosos estavam indo com tanta pressa. E por que alguém estaria com pressa numa ilha pequena como Míconos?

Quando cheguei ao Piano Bar, o pianista estava justamente acabando sua seleção. Sentei-me numa mesa calma perto da janela, avistando a praça, pedi uma bebida e fiz meu próprio pedido: "Take Five", de Dave Brubeck. Enquanto o pianista começava a tocar, percebi um táxi entrando na praça. A porta se abriu, balançando vagarosamente, e Linda desceu. Ela andou em direção ao bar em passadas longas e descompromissadas, balançando a bolsa de praia livremente sobre o ombro.

Quando passou pela porta eu a saudei. Seu sorriso era cativante, como sempre.

— Eugene me disse que você estava aqui. Eu o procurei por todos os lugares — disse ela.

— Bem, isso é uma mudança de padrão. O que acontece? — Pedi uma bebida para ela: — Martíni com uma azeitona.

— Nada de mais. Talvez eu apenas goste da sua companhia.

Ela parecia mais relaxada do que quando eu a vira antes, e o brilho do sol deixava um rosado em suas faces, dando-lhe uma aparência de menina. Ela estava brincando com a azeitona, mexendo no gelo, tomando pequenos goles delicadamente. Então tirou seus óculos de sol e olhou para mim com seus olhos grandes e luminosos. Um pouco criticamente no começo, então sorrindo faceira como uma criança. Ela quase tinha um olhar de inocência. Eu estava realmente encantado, fascinado.

"Inferno", pensei, "você sabe que nunca dá certo." Recontei mentalmente os numerosos casos que eu tinha tido no passado, especialmente aventuras de verão; o mundo era sempre maravilhoso e excitante enquanto descobríamos um ao outro, então o tédio se instala, seguido pelos sentimentos dolorosos, e dá lugar à raiva, às ameaças e aos corações partidos. Quando o amor era bom, era ótimo. Mas, quando não era, era a profundeza do inferno. Eu não tinha certeza de ter tempo para isso.

— Garth, você parece um tanto pensativo. O que o está incomodando?

— Ah, nada sério. — Olhei para seu rosto adorável novamente e soube que tinha um problema. O pianista havia acabado de concluir seu repertório. Levantei-me, fui até o piano e comecei a tocar. Era uma música com um quê de jazz que eu havia aprendido em São Francisco. O rosto de Linda iluminou-se. Ela se aproximou e curvou-se sobre o piano.

— Você é um homem de muitos talentos — comentou ela.

O céu do oeste estava de um laranja flamejante; as pequenas casas do vilarejo haviam se tornado cubos de tonalidade rosa, como se alguém tivesse derramado tinta sobre elas. Senti um toque de melancolia e um desejo de que estivesse com minhas telas e pincéis. O estúdio em Sausalito pareceu distante. Naquele momento, comecei a olhar para dentro, a examinar a mim e aos meus motivos. Eu havia começado a perder de vista meus objetivos originais? Houve um tempo em que eu detestava o jeito calculista e cúmplice que havia adquirido. Lembrei-me dos primeiros anos, quando eu era um estudante de arte, lutando para sobreviver. Era mais feliz naquela época? Achava que tinha a minha vida tão sob controle, mas as coisas haviam tomado uma nova direção. Linda curvou-se e me beijou no rosto enquanto eu acabava de tocar.

— Isso foi maravilhoso. Onde você aprendeu a tocar assim?

— Acredite ou não, num órgão de igreja — respondi, levantando-me. — Pelo menos eles me ensinaram alguma coisa que eu pude usar.

Nós terminamos nossas bebidas, eu paguei a conta e atravessamos a praça até o Bar Kastro. Enquanto entrávamos, um grande sol vermelho afundava numa brilhante bola de fogo no mar, e a música "Planets", de Holst, estava roncando num dramático clímax. A paisagem através das janelas panorâmicas era espetacular. Nós mergulhamos no sofá estofado demais e ficamos bebendo calmamente, aproveitando a vista, até que um grupo turbulento chegou.

— Oh, veja, aqui está ela. É a Linda! — um dos homens gritou, e todo o cortejo desceu até nós.

Os amigos dela eram o povo da piada suja, de mau gosto, e gostavam de achar-se os "alpinistas sociais". Tipos socialmente ascendentes volúveis que escapavam uma vez por ano de Manhattan e dos mundos financeiros de Londres para algum lugar de diversão de férias onde esqueciam as boas maneiras e se comportavam como os chatos que eram. Eles caíram subitamente na nossa mesa com as bebidas nas mãos.

— Linda, queridaaaaaaaaaaa, você não vai nos apresentar ao seu jovem padre aqui? — alfinetou uma das jovens elegantemente vestidas, em inglês apropriado, com um anasalado prolongamento das sílabas. Linda parecia embaraçada ao perceber meu desgosto. Eu não gostava dela falando da minha vida a estranhos. Já havia visto alguns deles antes; vinham quase todo verão e eu havia me decidido a não me misturar com eles. Eram do tipo rude, que acreditava que o dinheiro dá o privilégio especial de insultar quem quer que se queira.

— Diga-me, senhor Padre — disse um gordo e quarentão com uma pança —, como é que você consegue passar um verão inteiro nas ilhas gregas sem ter que dar bênçãos?

Eu não podia acreditar no que estava ouvindo. O cara tivera a audácia de cavoucar o meu passado. Não era, amaldiçoadamente, da conta de ninguém, mas decidi dizer-lhe de qualquer jeito.

— Você sabe, eu costumava me sentar num confessionário e ouvir histórias patéticas de gente como você, chafurdando em sua própria autopiedade, procurando redenção por alguns dólares.

O sujeito pareceu um pouco chocado e perdeu a fala. Um louro parecendo nórdico, nos seus trinta e tantos anos, veio em seu socorro, levantou-se da mesa, empurrou a cadeira para trás e se curvou sobre mim.

— Quem é esse cretino, Linda? — disse ele, rangendo os dentes em tom ameaçador.

— Sente-se, Reed — disse Linda. — Ele é um amigo meu.

O loiro grande pegou sua cadeira, ressentido.

— Você sabe, gente como vocês sempre me espanta — continuei. — Sempre prontos a colocar as pessoas dentro de perfeitas caixinhas que vocês podem etiquetar e classificar. Vocês devem ter merda no lugar de cérebros — afirmei, olhando para o cara grande.

— Deixe quieto — Linda me avisou. — Reed é um cabeça quente, não o incentive.

Mas por alguma razão eu atirei a precaução ao vento. Sentia total repulsa a esses esnobes excessivamente privilegiados da sociedade.

— O que acontece? Você não conseguiu sobreviver ao mundo real, então se retirou e se juntou ao sacerdócio? — riu Reed.

Linda sussurrou no meu ouvido.

— Não deixe que ele o enrole. Ele é o defensor da turma procurando problema.

— Ele que se dane.

— Não — Linda me alertou. — Ele foi campeão de boxe em Oxford. — Eu não prestei atenção a ela e me virei para ele.

— Não, não foi isso o que eu disse, mas o que eu fiz foi cair na vida. Aqui, eu vivo num mundo livre onde as pessoas não julgam você nem o que está fazendo. Sabe, isso está ficando entediante. Por que vocês não apresentam um número teatral novo?

Ouvindo essas palavras, o grandão se levantou de novo raivosamente e, fazendo isso, derrubou nossas bebidas.

— Que monte de lixo! — ele gritou. — Eu vou chutar sua maldita cabeça.

O minuto seguinte foi nebuloso, como se eu não pudesse mais me conter. Ele levantou seu punho e eu instintivamente reagi, acertando-o diretamente no maxilar com minha direita. O golpe o jogou voando para trás; ele aterrissou, inconsciente.

Linda veio me confortar enquanto os outros olhavam de boca aberta, em choque. Enquanto me conduzia para fora, ela se voltou para eles e disse:

— Ele pode ter sido padre... mas não era um maricas.

Capítulo 17

Lá fora, a noite estava magnífica; céu claro, repleto de estrelas brilhantes. Linda e eu passeamos ao longo da beira da praia, longe do barulho. O mar estava calmo, refletindo o brilho da lua; exceto pelos sons de música distante dos bares, trazidos pelo vento, a noite estava quieta. Andamos em direção à Platia Milon, onde os moinhos eram silhuetas contra o mar calmo.

Na sombra dos velhos moinhos, envolvi-a com os braços e puxei-a para perto. Ela se deixou abraçar. O luar refletido em sua pele macia e bronzeada brilhava nos cabelos escuros e sedosos. Beijei-a sentindo o calor de seu corpo contra o meu. A fragrância exótica de seu perfume adoçava o ar fresco da noite.

— Acho que estou me apaixonando por você — sussurrou ela. Eu podia vagamente ouvir o seu coração batendo.

— Linda, eu quero você. Então, na grama, na sombra dos moinhos de vento, comecei a desabotoar sua blusa, escorregando minha mão por dentro de seu sutiã de renda. Depois de alguns minutos peguei-me arrancando sua roupa. Eu a queria e ela me queria, bem ali e naquele momento. Era fogo e gelo, violência e ira, a necessidade de uma paixão desenfreada. Linda me beijou com um grau de determinação que eu não sentia havia muito tempo. Ela me puxou, arranhou minhas costas, gemeu. Tentei ver seu rosto na luz do luar, mas seus olhos estavam fechados, e havia um leve e exultante sorriso em seus lábios. Beijei-a repetidas vezes, saboreando a doçura de sua boca; mas de repente ela me interrompeu.

— Não, não aqui — disse ela. — Eu quero que seja especial.

— É justo — respondi. — Haverá outro dia.

Um pássaro noturno suspirou e o mar sussurrou contra a costa. Deitei-me ao lado dela. Eu sentia um desejo quase irrefreável, mas jamais seria capaz de forçar ninguém. Sem dizer uma palavra, peguei sua mão, ergui-a e caminhamos de volta em direção ao som da música.

Perambulamos pelos labirintos de ruelas, o agrupamento aleatório de casas de cor branca brilhando à luz do luar, as fileiras de pequenas capelas aninhadas, suas cúpulas coloridas e crucifixos como jóias em uma coroa. Das ruas principais ao redor do coração do vilarejo, havia um brilho de neon e sons de *hip-hop*. A área parecia alienada do resto de Míconos, que era principalmente um sonolento vilarejo ilhéu. Mais adiante, ouvimos lamentos sussurrantes do vento espremendo-se contra as venezianas fechadas das casas desordenadas. Saímos da travessa escura para dentro da dureza das luzes da rua — risos selvagens vinham do Petro's Bar. Do lado de fora, um casal de namorados estava abraçado na entrada, beijando-se, obviamente distraído da multidão que passava.

Mais acima na rua, passando o Petro's, havia duas pessoas discutindo. A garota gritava em grego, golpeando a cabeça do homem com sua bolsa. Linda puxou meu braço.

— Briga de amantes?

À medida que nos aproximamos mais, vislumbrei o homem, a figura arqueada como um gnomo; a esbelta figura feminina estava vestida em cetim cor-de-rosa. Eram a Bela e a Fera; a bela Jacinto e seu perverso mentor, o senhor Bryan.

Linda me puxou para longe, conduzindo-me pelo labirinto de travessas, para longe daquele melodrama, mas os sons estridentes do sermão de Jacinto eram ouvidos à distância. Eu tentava ouvir, mas era um grego distorcido.

— Sobre o que eles estão discutindo? — perguntei.

Linda sorriu.

— Oh, apenas o de costume. O travesti acusando o velho camarada de usá-lo.

Enquanto caminhávamos adiante, as vozes enfraqueceram, e Linda me guiou pela escuridão silenciosa, girando para dentro e para fora do labirinto de becos sem saída, parando aqui e ali para nos beijarmos sob caramanchões de buganvílias.

Eu a segui por uma escada espiralada que subia e adentrava num pequeno pátio. Havia flores em potes de argila; a fragrância do jasmim espalhava doçura no ar da noite.

Ela tateava para achar suas chaves. Abracei-a por atrás, minhas mãos em torno de seus seios firmes. Ela se curvou contra mim, os cabelos roçando em meu rosto, então riu e se afastou. Quando abriu a porta do quarto, vi um recinto de aspecto árabe, decorado com padronagens brilhantes, grandes almofadas no chão e tapetes coloridos pendurados nas paredes caiadas.

Ela se ocupou acendendo velas enquanto eu me reclinava, espreguiçando no monte de travesseiros. Linda serviu um pouco de *brandy* em dois copos pequenos e os trouxe numa bandeja de latão. Sentou-se ao meu lado e levantou seu copo num brinde.

— A nós. — Ela sorriu, curvou-se e me beijou. Seus cabelos longos gentilmente me cobriram. Pensei estar sonhando enquanto ela tirava a blusa. À luz das velas, seus seios pareciam dourados, os mamilos como dois botões de rosas convidando meus lábios a saborear sua doçura. Tão certo quanto Afrodite seduziu inocentes mortais com seus charmes, eu me rendi aos prazeres que ela me oferecia.

Capítulo 18

Quando acordei cedo pela manhã, Linda havia desaparecido. Encontrei um bilhete deixado sobre um vaso de cravos vermelhos na mesa:

"Desculpe, tive que ir. Volto logo. Sinta-se em casa."

Abri as venezianas e estremeci contra a diáfana claridade da luz da manhã. Fiquei me perguntando se eu havia imaginado aquilo, mas minhas roupas estavam no chão, empilhadas contra as almofadas brilhantes; a blusa de Linda, sua calcinha e seu vestido estavam lá também. Eu sabia que não tinha sonhado e lembrei-me da doçura de seus lábios, o ardente calor de seu corpo.

Uma pilha de revistas se amontoava na mesa do café, e, quando as levantei, percebi Linda sorrindo para mim em uma capa brilhante. Era uma revista de alta-costura francesa com uma dupla de páginas mostrando Linda às margens do Sena, com a Notre Dame ao fundo. Então, na capa de uma revista semanal feminina britânica, Linda estava lá novamente, vestida em *tweed*, passeando na Tower Bridge. Ela parecia maravilhosa, elegante como uma condessa. Encantei-me com sua beleza — sempre apreciei mulheres independentes que tomaram o controle de suas próprias vidas.

Quando coloquei as revistas de volta no lugar, percebi um pedaço de papel que havia caído de dentro de uma delas. Era o canhoto de uma passagem de avião: Tel Aviv—Limassol, nas linhas aéreas El Al, de Israel. Lembrava-me vagamente de ela ter mencionado que sua família vivia em Chipre. Naquele momento, pareceu-me que, não importa quanto nós nos julguemos independentes, somos de alguma maneira direcionados às nossas raízes. Senti-me calorosamente ao seu lado, percebendo que, não importava quão distante e independente ela parecesse ser, também era suscetível ao mesmo sentimento de saudade.

Caminhei para o chuveiro frio e deixei a água correr pelo meu corpo. Talvez eu estivesse lavando meu próprio passado. Ou talvez a água estivesse restaurando pensamentos claros de um lucrativo novo futuro? Mais tarde, talvez, eu voltaria para Sausalito com Linda, para tentar salvar o que eu conseguisse e, se fosse preciso, vender a galeria. Encerraria aquilo e viveria em Míconos pelo resto da vida. Não seria a primeira vez que eu recomeçaria.

Quando saí do chuveiro, Linda estava na pequena cozinha, colocando flores frescas num jarro, arrumando a casa. Ela usava um vestido de algodão bege florido e uma grande rosa branca presa no cabelo. Saí nu e tentei segurá-la.

— Você está pingando de molhado! — provocou ela, franzindo o nariz. — Vá colocar uma roupa.

— Tenho uma idéia melhor. Por que você não tira as suas e se junta a mim?

— Calma, rapaz — respondeu ela, vendo minha ereção. — Mais tarde.

Ela me deu um tapinha de brincadeira e voltou para a cozinha, para fazer café.

— Desculpe, precisei sair. Tive que fazer algumas ligações.

Ela tratou de fazer o café expresso em um pequeno bule *cezve*, sobre um queimador de butano. Abracei-a e beijei sua nuca. Ela se soltou com uma risada, segurando o *cezve* fora da chama. O café cor de chocolate espumava, derramando-se sobre a borda da xícara.

— Agora, veja o que você me fez fazer.

Eu limpei o derramado e observei-a despejar o expresso em duas xícaras de chá. Peguei uma das xícaras de sua mão e a segui até a sala. Ela estava estranhamente silenciosa, bebericando o café, até que por fim falou:

— Escute... preciso ir a Atenas hoje.

— Atenas? Para quê?

Ela hesitou por um momento.

— É um trabalho.

Linda tinha vestido aquela máscara novamente, a fria independência que eu sabia ser impossível de penetrar. Senti-me um tanto desapontado, mas fui estóico. Lembrei-me de que eu também tinha o que fazer — um ícone me aguardava.

— Sinto muito, mas só poderei vê-lo mais para o fim da semana.

— Sem problema, amor — sorri numa careta, baixando a xícara. — Você sabe onde me encontrar.

Depois que me vesti, ela me beijou à porta, seus lábios roçando levemente contra meu rosto. Conforme ela se aproximou, quis puxá-la para mim novamente, mas ela parecia extraordinariamente contida. Seu rosto estava quase sem expressão, e seu sorriso era tenso, como se houvesse algo mais em sua mente.

— Algo a está aborrecendo — afirmei.

— Não — ela encolheu os ombros. — É só que eu tenho que estar num programa de moda no Hilton, e tudo está uma confusão.

— A mim parece o pesadelo grego do dia-a-dia. Olhe, talvez nós possamos tomar alguma bebida mais tarde no Kastro, digamos, lá pelo entardecer?

— É possível. Talvez.

Beijei-a novamente enquanto saía e a ouvi fechar a porta enquanto eu descia as escadas. Tirei um broto de jasmim das trepadeiras nas grades e continuei descendo pelas ruas.

Eugene e Dimitri estavam na Paradise Beach jogando *tavli*. Eugene batia nas peças circulares entusiasticamente. Havia um barulho de estalos e quase todas as mesas estavam cheias de homens jogando cartas. Dimitri ergueu os olhos para mim com uma cara de quem parecia estar chupando limão. Era fácil perceber quem estava ganhando.

Pisquei os olhos para Dimitri enquanto me sentava.

— Quanto você está devendo para esse bastardo irlandês dessa vez?

— *Polla*, muito... — resmungou Dimitri.

— Vamos lá, seu maldito grego. Tenha espírito esportivo — provocou Eugene.

— Ei, você já foi falar com Meissner? — perguntei.

— Sim; cara, eu levei o jarro a ele e a coisa foi bem de verdade. Ele disse que vai nos pagar amanhã vinte mil dólares americanos por cada um.

— O quê? Você deixou o jarro com ele?

— Não, cacete. Tá pensando que eu sou burro? Trouxe a belezinha de volta.

— E quando isso aconteceu?

— Hoje cedo. Enquanto você estava no oba-oba com sua senhora, eu cuidava de negócios.

— Algum problema com Meissner?

— Não, inferno — Eugene riu e disse, em tom de conspiração: — Exceto pelo fato de ele ter retirado uma maldita lente de aumento para se certificar de que era verdadeira.

— E como é que a coisa se passou?

Ele parou de jogar e finalmente me deu atenção.

— Bem, subi a bordo como alguém que faz entregas. Tinha o jarro em minha bolsa de pano grosso. Ele verificou com todo o cuidado, consultou algum tipo de livro. Tentei barganhar por um preço mais alto, mas não houve acordo. Ele prometeu nos pagar vinte mil cada peça em dinheiro, e eu disse que entregaria os bens amanhã.

— Parece que estamos indo bem.

— Sabe — disse ele, ponderando —, acho que vou comprar uma passagem para Bangcoc, para encontrar algumas daquelas adoráveis gatinhas tailandesas e relaxar muito depois disso tudo.
— Sim, está certo... e arrumar uma gonorréia incurável?
— Tentarei a sorte.

Passamos o resto da tarde na Paradise Beach, despidos, bêbados e nus, jogados em nossas cadeiras de praia, assistindo à exibição de beldades que passavam por nós na beira da praia. Pensei em Linda e lembrei-me de seus beijos doces e quentes, mas sabia que teria de esperar para vê-la novamente. Sem ela por lá, as mulheres mais belas da praia pareciam ter pouca importância. Mergulhei no sono, como se estivesse anestesiado, e sonhei; mais tarde, acordei e vi que me encontrava só.

Eugene estava mais adiante na praia, cercado por um grupo de potenciais clientes de suas excursões marítimas. Ele os seduzia com seu velho repertório de truques divertidos. Peguei minhas roupas e saí às escondidas para o vestiário para tomar uma ducha e me vestir. Queria me aprontar para a noite que se aproximava.

Capítulo 19

Jantei sozinho aquela noite, numa taverna calma à beira-mar, vendo os barcos retornarem ao porto. Eu ainda podia ver o iate de Meissner, as luzes piscando festivamente na ponte, como um pequeno barco de cruzeiro. Eugene havia dito que o negócio estava feito. Talvez não fosse tão errado, apesar de tudo. No mínimo isso me dava mais dinheiro para arrumar as coisas quando eu voltasse para casa.

Sentia-me orgulhosamente satisfeito ao caminhar ao longo da calçada na beira da praia, aproveitando a calma frieza da noite. O *kambani* estava menos cheio que o habitual. O sol já terminara de se pôr, e as estrelas começavam a brilhar no céu. Dirigi-me ao vilarejo, cortando caminho por vielas ladeadas por fileiras de pequenas igrejas, e cheguei a uma rua lateral onde sons roucos de rock pesado sacudiram meu estado contemplativo.

O Petro's Bar pulsava com música e luzes brilhantes. Era um cenário efervescente, freqüentado pela multidão homossexual internacional da moda, que amava brilho e muita ação. Não pude resistir a olhar para o palco, onde um sujeito representava uma convincente personificação de Madonna. No final do ato a audiência enlouquecida explodiu em aplausos. Esquivei-me das mesas lotadas até uma alcova escura, no fundo, de onde eu podia ver sem ser notado.

Quando as luzes se apagaram, "Madonna" fez sua saída e outro artista saracoteou no palco. Dessa vez era "Cher". As luzes estroboscópicas cruzavam a pista de dança, piscando freneticamente, e a multidão começou a girar na batida da disco. Como de costume, a boate inteira se transformou num imenso palco, e cada cliente era um artista. Mas nessa noite os trajes pareciam mais escandalosos que nunca, um mais esquisitamente moderno que o outro.

Notei uma figura alta no bar, com um penteado desgrenhado, que parecia uma peruca medonha, olhando na minha direção. O cabelo estava espetado por toda a cabeça e borrifado com um laranja neon. Ele-ela parecia algum tipo de rainha sadomasoquista bárbara e selvagem. A maquiagem do rosto combinava com o tipo — outra imitação de uma estrela do rock teatral: rosto branco, com olhos selvagens manchados de preto e verde. Era como uma máscara de Carnaval, que tornava difícil discernir se o rosto por trás dela era masculino ou feminino. A figura estava vestida de couro preto com tachas e correntes penduradas. Vi então uma silhueta arqueada sentada numa mesa bem em frente a mim. Era Richard Bryan; ele estava só e parecia triste. Em sua mesa havia uma garrafa de champanhe num balde com gelo e um copo pela metade. A rainha sadomasô se aproximou da mesa, e ele deu uma olhada rapidamente com um gesto assustado. Eu assistia a tudo, divertindo-me. Apesar de ser um conhecedor das artes, Bryan obviamente tinha uma queda pelo bizarro.

Ele saudou a rainha e solicitou a ela que se juntasse a ele. Ela hesitou, abrindo um sorriso arreganhado e curioso. O rosto pintado estava fantasmagórico e apavorante sob as luzes piscantes.

Eu me distraí momentaneamente quando uma travesti loira em vestido de noite de renda preta empertigou-se no palco mandando beijos para a platéia. Havia um rugido ensurdecedor de aclamações e risos. Bryan estava aplaudindo também, ignorando a rainha que havia se ajoelhado ao lado dele. As luzes estroboscópicas começaram a pulsar novamente enquanto o ator começou sua apresentação, um ordinário *strip-tease*.

Alguma coisa chamou minha atenção na mesa de Bryan; um olhar seu, seguido de relampejos de metal. O ritmo ondulante das luzes estroboscópicas tornava difícil de ver, tudo se movia rápido. Então vi o metal da fivela do cinto de Bryan brilhar. A rainha sadomasô estava lhe fazendo sexo oral! Sua cabeça subia e descia cada vez mais rápido, até que Bryan saltou desastradamente, cambaleando de dor.

Naquele momento, algumas pessoas bloquearam minha visão, hipnotizadas pelos outros artistas que subiam ao palco. Bryan pareceu desabar na cadeira, enquanto a rainha cuspiu algo fora e rumou em direção à porta, afastando as pessoas em seu caminho. Olhei com mais cuidado e vi Bryan deitado na cadeira como um monte grotesco, com o sangue escorrendo pela parte da frente de suas calças brancas.

No palco, alguém gritou para que se estancasse o sangue de alguém. Corri para tentar alcançar a *drag queen*, mas, quando cheguei à porta, ela havia desaparecido. Precipitei-me para a rua escura, mas não adiantou, eu a havia perdido no labirinto de vielas.

De volta ao bar, um total pandemônio havia se instalado. Todo mundo estava lutando para sair, acotovelando-se na porta de entrada. Um sentimento de pânico tomou conta de mim; ser interrogado a respeito de um assassinato não fazia parte dos meus planos naquele momento. Eu não podia arcar com a possibilidade de ter minhas atividades ilegais descobertas. Deixei aquele cenário bizarro e imediatamente voltei para casa.

Capítulo 20

Na manhã seguinte a ilha era um zumbido com a notícia. O humor de alegria que prevalecia nas ruas cintilantes de Míconos havia sumido e, no tempo que levei para chegar ao *kafeneion*, ouvi pelo menos uma dúzia de versões diferentes da história. Na Grécia, a fofoca é quase como um passatempo nacional. Histórias são trocadas, permutadas, negociadas como moedas em uma praça de mercado, e em Míconos o assassinato de Bryan era grão novo para alimentar o moinho. Era um assunto a ser elaborado durante o café, mastigado e remastigado, como um pedaço de carne podre.

Mantive a boca fechada até mesmo quando Ian Hall me chamou para participar da conversa, ansioso para contar detalhes nojentos.

Ele tinha o brilho de um repórter novato que esbarrara com um grande furo de reportagem. Estava sempre por dentro de tudo, e seus fatos eram normalmente precisos, como era solicitado no ramo da notícia. Sua carreira já o havia apresentado a muitas guerras e revoltas políticas que podiam depender de pequenos detalhes.

— Dizem que foi uma briga — comentou Ian. — Com o maldito travesti, acreditem se quiserem. Dizem que ele chamava o garoto de "seu prodígio". — Ele enxugou o suor do rosto com um lenço enrugado, tirou os óculos de aro de tartaruga e os limpou com um guardanapo de papel.

Fingi ficar surpreso.

— Você quer dizer o garoto gay com o qual ele andava pendurado, Jacinto?

— Sim, esse mesmo. A polícia está à procura dele. Arrancou seu pinto a dentada. Inacreditável.

O garçom trouxe duas xícaras de café à nossa mesa e ficou parado, como uma criança esperando pela história de dormir. Fiz um sinal para que ele saísse e me voltei para Ian.

— Aquele garoto não parecia capaz de fazer algo assim — disse eu.

Minha mente estava girando, tentado lembrar os detalhes. A *drag queen* que eu tinha visto era mais alta que Jacinto, que era delicado e frágil como uma garota. O cabelo espetado podia ser uma peruca, mas, sob aquela maquiagem grotesca, era impossível identificar o rosto. Podia ser qualquer um. Mas nunca me ocorreu que fosse Jacinto. As peças não se encaixavam e ninguém podia provar que fosse ele, a menos que ele não tivesse um álibi.

— Não vão demorar para pegá-lo — afirmou Ian, com convicção. — Não há lugar para se esconder nessas ilhas.

— Bem, eu não teria tanta certeza de que o garoto seja a pessoa que eles estejam procurando. Todo mundo conhece a queda de Bryan por rapazes jovens e bonitos. Há evidências de pelo menos meia dúzia de candidatos que se encaixam no perfil.

— Possivelmente — concordou Ian, acenando com a cabeça em tom de ponderação. — Bryan certamente fez um monte de inimigos. — Ian bebeu o último gole de café e se preparou para sair, mas antes sorriu para mim com lascívia. — A propósito, velho camarada. Como está indo a coisa com Linda?

— Bem — respondi. Eu não estava pronto para fornecer-lhe detalhes.

— Ela está em mais uma de suas viagens misteriosas?

— Sim. Como você sabe?

— Há anos que ela faz isso. Decola para Paris, Nova York, onde quer que haja desfile; Ralston a encontrou num espetáculo de moda anos atrás em Atenas. Naturalmente, ele também ficou cativado por ela, e até mesmo a convidou para ficar em seu estúdio. Claro que ele tentou fazer amor com ela, mas não conseguiu chegar lá. — Ele piscou, com ar de cumplicidade. — ... E você, meu velho?

Pisquei de volta.

— Não é da sua conta, meu velho.

Saí e caminhei pelo cais, onde encontrei Eugene e Dimitri pintando a escuna. Eugene já estava todo coberto de tinta branca e azul. Eu ainda me sentia triste pelo assassinato de Bryan, e falei a Eugene sobre isso, mas ele não deu bola.

— Ah, duas bichas têm uma briga de amor e uma acaba assassinada. E aí, qual a novidade? Não é a primeira vez que esse tipo de coisa acontece. Crime passional, certo? Aqueles *poustis* estão sempre histéricos sobre alguma coisa, especialmente quando isso envolve esses tipos garoto-garota. Aquele velho tolo depravado provavelmente fez por merecer.

— Não sei, não, Euge, tenho um sentimento de que foi algo mais que uma discussão de amantes.

Revirei o assunto na cabeça; as coisas estavam começando a vir à tona. A vida em Míconos se tornava um Carnaval surreal, cheio de intrigas. Mas as máscaras estavam caindo.

Lembrei-me do que eu tinha observado na Villa Mimosa: a aparente rivalidade entre os dois empregados domésticos; o controle manipulativo que Bryan exercia sobre seu sócio Fredericks.

— No dia em que saí do iate de Meissner — afirmei —, ele mencionou que estava esperando convidados para jantar. Vi o grupo de Bryan em seu Rolls-Royce, indo em direção ao local onde o iate estava ancorado. Talvez fosse apenas um passeio pela cidade, mas isso me faz pensar...

Eugene deu de ombros.

— E daí? Não é uma grande coincidência. Meissner provavelmente fez negócios com eles antes. Acontece que Bryan e Fredericks também são colecionadores de arte, você sabe.

— Ele me socou de leve no ombro de brincadeira. — Diabos, relaxe, cara. Acho que você está ficando ridículo. Vamos lá, anime-se; vamos levar nossos traseiros até Paradise e faturar algumas gatas.

Ele apenas começou a descer a rampa de embarque quando Dimitri ergueu a cabeça do porão.

— *Ochi*, chefe, sem tempo para *copellas* hoje. Nós precisamos arrumar a escuna para a viagem da ânfora amanhã.

— Oh, Cristo — resmungou Eugene. — Tudo o que a gente faz é trabalhar, trabalhar, trabalhar.

— Dinheiro, dinheiro, dinheiro! — lembrou Dimitri, sacudindo o dedo em frente a ele. Peguei o esfregão e comecei a lavar o convés. Ele estava certo. Nós sabíamos o que precisava ser feito.

Era quase meio-dia e o sol estava a pino, queimando brilhantemente no céu sem nuvens. O vento soprava linhas brancas na superfície do mar.

Fora do porto, vários barcos pequenos esforçavam-se para aportar. Uma balsa vinha sulcando através do horizonte, abrindo caminho em direção às ilhas. Então vi o iate. Ele avançava a sotavento, abrindo caminho por entre as cristas das ondas, com gotículas respingando na proa. Dimitri também o avistou e começou a acenar as mãos nervosamente.

— Veja, o iate de Meissner!

Nós o olhamos até que ele desapareceu na curva do cabo.

— Talvez ele esteja apenas fazendo um cruzeiro pela ilha — Eugene sugeriu.

— Não sei — afirmei —, mas não acho que esse sujeito seja o tipo que gosta de um cruzeiro.

— Não importa — disse Dimitri; ele era sempre estóico em tempos de crise. — Nós o encontraremos depois.

Eugene foi menos fleumático.

— Que porra é essa de "não importa"? Vamos lá dar uma espionada. Ponha esses malditos motores para funcionar.

O iate de Meissner corria suave contra o vento, facilmente cortando as ondas, com a espuma do mar voando por todo o seu comprimento. Era gracioso como um cisne branco, movendo-se a toda a velocidade para a frente, circundando o cabo. Nossa velha escuna labutando atrás dele parecia um rebocador perseguindo um transatlântico. O mar estava encrespado, e a velocidade do vento era ameaçadora, arremessando a escuna de casco de madeira nos vagalhões como uma simples garrafa. O motor explodia e gemia, e às vezes parecia que nós mal estávamos avançando. Havia também uma horrível contracorrente, que fazia o mar se agitar com fúria. O iate havia desaparecido atrás do promontório. Parecia que nós o havíamos perdido.

— Talvez devêssemos dar meia-volta, chefe — gritou Dimitri.

— De jeito nenhum! — discordei — Daremos a volta no cabo e, se o iate não estiver lá, aí sim, nós voltamos.

A proa do barco cortou um vagalhão gigante e a água enxaguou o convés. Dimitri riu de puro prazer ao ver Eugene ficar ensopado. Ele tinha nascido para essa vida e vicejava nela, como um golfinho correndo pelas ondas. Comecei a sentir minhas tripas subirem a cada vagalhão.

Demos a volta no cabo na passagem protegida entre Míconos e Delos. O mar estava mais calmo.

— Lá está ele! — Eugene gritou tão logo o viu, subindo na água como uma baleia. — Está navegando contra o vento, em direção a Delos. Siga-o.

A escuna pegou velocidade, uma vez que estávamos em águas mais calmas. Dimitri conhecia cada banco de areia e manobrava facilmente a embarcação pelo canal. O grande iate tinha parado os motores e baixou âncora, mas, antes que chegássemos perto demais, Eugene e eu mergulhamos abaixo do convés. Dimitri levou o velho barco em frente como um capitão de um vaso de guerra. Tinha uma expressão sinistra mas feliz no rosto, conforme pilotava cada vez mais perto do iate, até que fomos capazes de identificar os homens no convés: Meissner era facilmente reconhecível, com seu boné branco e jaqueta azul-marinho. Havia um homem alto e barbudo ao lado dele: cabelos escuros, óculos de sol, jeans e colete. Havia ainda um terceiro homem, com traços vagamente familiares. Ele estava só de short, o peito nu e bronzeado. O vento soprou o cabelo claro por sua face como à juba de um leão. Reconheci-o instantaneamente. Era, sem dúvida nenhuma, Eric, o empregado doméstico de Bryan e Fredericks.

Nesse instante, ouviu-se o estampido de uma arma de fogo, seguido pelo impacto de uma bala. Uma escotilha da escuna estilhaçou e nós nos jogamos no chão.

— Vamos sair daqui, porra! — urrou Eugene. Então mais dois tiros foram disparados. Os motores do iate foram colocados em movimento enquanto ele saía, mas nós tínhamos sido pegos na contracorrente. Dimitri lutava para manobrar a escuna para um abrigo seguro.

— Que inferno foi tudo isso? — perguntei. — E o que Eric estava fazendo no iate de Meissner?

Eugene olhava o buraco estilhaçado da escotilha com assombro.

— Não sei, mas tenho certeza de que nós vamos descobrir.

Capítulo 21

Ancoramos numa pequena e confortável angra e ali ficamos, até que estivéssemos certos de que o iate de Meissner tinha ido embora. Quiséssemos admitir ou não, estávamos visivelmente abalados pelo incidente. Mesmo a demonstração de bravata de Eugene enfraqueceu quando a percepção de que nós podíamos ter sido assassinados se manifestou.

Era o fim da tarde quando nós voltamos para o porto de Míconos, amarramos o caíque no cais local e, como exaustos soldados de batalha, nos dirigimos ao *kafeneion*. Ian Hall estava numa mesa com uma garrafa de *brandy* pela metade. Aceitei um copo; eu precisava de algo para acalmar os nervos.

— Meu Deus, vocês parecem abalados — observou Ian. — O que aconteceu?

— Nada de mais — respondi, engolindo meu *brandy*. — Tivemos alguns problemas com o barco, só isso.

— Bem, suponho que você ouviu que o caso do assassinato está resolvido — disse ele, de modo convencido.

Tomei outro gole de *brandy* e olhei-o de soslaio.

— Bryan... — ele continuou. — O caso da morte de Richard Bryan. Eles encontraram o assassino.

Coloquei sobre a mesa o copo vazio e despejei mais *brandy*.

— Eles acusaram alguém?

— Acusaram? Não, companheiro. O caso está encerrado porque o principal suspeito está morto agora! Suicídio, dizem. Encontraram seu corpo levado pelo mar para as pedras.

— Do que ele morreu?

— Pescoço quebrado, afogamento, ainda não se sabe ao certo. Deve ter saltado do penhasco. Ele estalou a língua tristemente. — Uma pena, de verdade. Tão jovem e talentoso!

Fiquei sem palavras. Jacinto, morto? De alguma forma eu sabia que o rosto do assassino que eu tinha visto naquela fantasia horrível não era o dele. Pedi licença e voltei para meu apartamento. Tudo estava acontecendo muito rápido, e numa direção que eu não tinha previsto.

Pensei em tudo novamente, com cuidado, analisando se eu deveria usar a minha parte do dinheiro da ânfora para pagar Rick Andersen e cancelar todo o negócio. Mas então, de novo, eu imaginava se Andersen poderia acabar se mostrando tão perigoso quanto Meissner. Com o revólver que vi em sua bolsa de esgrima, eu sabia que não se tratava de alguém com quem se devia brincar. Era um sujeito armado. Eu era sua ferramenta contratada, e, quaisquer que fossem suas razões para querer uma cópia do ícone, elas não deviam ser questionadas por mim. Eu havia sido comprado e pago para isso, e tinha que produzir.

Era hora de deixar a ilha para adquirir os suprimentos necessários para fazer o ícone. Eu sabia que veria Linda em Atenas em algum lugar, por causa da apresentação de moda. Os aviões saíam de Míconos para a capital da Grécia a cada duas horas, e até a hora do jantar eu seguramente estaria mais uma vez no Hilton.

Preparei uma pequena mala para passar a noite fora e fiz uma lista dos materiais de que precisava para acabar o trabalho no ícone. Era hora de animar meu espírito fraquejado com uma noite em Atenas e, quem sabe, até um jantar romântico com Linda na Plaka.

Capítulo 22

Enquanto o sol queimava as calçadas de Atenas, o *nefos* — massa de ar fétido com fumaça de escapamento — pairava numa palidez cinza forte.

Atirei-me por entre o tráfego congestionado, amaldiçoando todas as razões pelas quais eu havia saído das ilhas. Meu astral estava lá embaixo, quando finalmente encontrei uma mesa assombreada em frente à Zonar's Coffee Shop. Parei e pedi um café gelado. Apenas mais um dia dessa loucura e meu negócio terminaria. Então eu poderia voltar às brisas frescas de Míconos e seus mares azuis-claros. Dei uma olhada num exemplar do *Tribuna Internacional* e vi as notícias perturbadoras de hábito: pessoas criticando com veemência o Mercado Comum Europeu. Ameaças da Jihad no Oriente Médio contra Israel. Mulçumanos paquistaneses ameaçando hindus indianos com suas armas nucleares recentemente adquiridas, o pânico da disseminação da aids, as rotineiras catástrofes mundiais... Meu Deus, o mundo era um lugar tão alegre para se viver!

Então, um artigo na página dois atraiu-me o olhar: o texto alegava que o Vaticano vinha ajudando a encobrir o misterioso desaparecimento de alguns manuscritos dos essênios, de três mil anos atrás, escritos em hebraico sobre papiro e trazidos de volta da Terra Santa pelos cruzados. O artigo dizia ainda: "O colecionador de arte e historiador Hans Meissner, de Berlim, acusou o Estado de Israel de conspiração com o Vaticano para manter a descoberta dos pergaminhos secreta. O Vaticano não quis comentar a afirmação".

Fiquei intrigado. Meissner estava acusando o Vaticano e Israel de conspiração conjunta? Ele certamente se arriscava ao enfrentar peixes grandes como esses. Mas no parágrafo seguinte li que outros historiadores também reclamavam da falta de acesso aos pergaminhos. Fiquei pensando: será que Meissner estava tentando fazer algo bom, apesar de tudo? De alguma forma, eu não conseguia acreditar nisso. Decidi tomar um táxi até o escritório de Meissner para investigar por conta própria.

O táxi encostou em frente à propriedade de Meissner, e eu pedi ao motorista que esperasse. O grande portão de ferro estava trancado com cadeado e a casa havia sido bem fechada. Não havia sinal de criatura viva no terreno, e até mesmo os pássaros pareciam ter abandonado os jardins. A *villa* estava completa e definitivamente deserta, e até mesmo a placa de metal na caixa de correio do portão havia sido removida. Pensei em pular o portão, mas não podia correr o risco de ser pego por invasão de propriedade alheia. Mandei o táxi voltar para o Hilton e telefonei, sem demora, a Eugene, que estava no Dubliner.

— Bom, onde diabos você está agora, Garth? — berrou ele. — Você poderia pelo menos ter deixado um recado.

— Venha a Atenas o mais rápido que puder, companheiro. Eu vou precisar de você. — Contei sobre o artigo no jornal e expliquei que tinha encontrado a propriedade de Meissner trancada.

— Uau, enfrentando o Vaticano, hein? Que *cojones*. De qualquer modo, você tem que ouvir este futrico do moinho de fofocas, caderno policial: tiras... a ilha inteira está formigando com eles agora! Parece que Randolph Fredericks foi preso.

— Fredericks? Por que ele? E o garoto que cometeu suicídio?

— Ouça esta: ele foi acusado de posse ilegal de uma antiguidade. Para ser exato, uma ânfora de cerca de quinhentos anos antes de Cristo. Dizem que ele pagou por ela a um negociante não identificado e agora foi incriminado. Os policiais não conseguem arrancar mais nada dele, e alegam que ele e Bryan estavam envolvidos numa grande rede internacional de contrabando de antiguidades.

— Você está brincando?

— É isso aí, meu chapa. A merda bateu no ventilador. Acho melhor nós interrompermos os trabalhos por enquanto.

Tentei me manter calmo.

— Então, quando você pode vir para cá? — perguntei, mas ele ignorou minha pergunta e continuou falando.

— E isso não é tudo. Chegou um maldito *e-mail* no seu computador essa manhã, de Andersen. Ele diz que quer a "peça" pronta para ser retirada. O que você vai fazer?

Senti-me como um homem no caminho de uma avalanche. Eugene deve ter ficado preocupado com meu longo silêncio enquanto eu tentava organizar os pensamentos.

— Alô... Terra chamando Garth, você está aí?

— Sim, sim. Estou aqui. Apenas venha para cá o mais rápido que você puder.

— Certo. Estarei aí na segunda-feira de manhã. Vejo você logo.

Depois do telefonema, vaguei pelo saguão do hotel e, então, me lembrei de Linda ter mencionado que participaria de uma apresentação de moda no hotel. Perguntei no balcão da recepção se por acaso ela estava registrada como hóspede. A funcionária foi rápida e eficiente.

— Sim, senhor, temos uma senhorita Heller registrada.

— Você tem o número do quarto? Eu gostaria de subir e fazer uma surpresa a ela.

— Sinto muito, senhor. Não temos permissão para divulgar essa informação. Tente os telefones internos primeiro.

Tentei contato pelos telefones internos, mas não obtive resposta, então voltei para a senhora no balcão.

— Soube que ela estaria em um desfile de moda aqui hoje ou amanhã. Você pode me dizer quando ele começa?

— Desfile de moda? — Ela verificou no computador. — Não, não tem nenhum desfile marcado aqui.

— Mas deve ter — afirmei. — Ela me disse isso. Tente novamente, por favor.

— Não, infelizmente não há nada agendado.

Outro cliente se aproximou do balcão e a atendente ocupou-se com ele. Eu os interrompi, nervoso.

— Olhe, talvez ele tenha sido remarcado. Você pode verificar?

Seus modos atenciosos deram lugar à frieza. Ela me olhou inexpressivamente, deu de ombros e franziu os lábios, o que numa mímica gestual grega significa: "Francamente, eu não ligo a mínima, não me aborreça mais".

Em outro canto da cidade, sob os prédios em forma de torre, numa garagem fechada em uma viela escurecida, uma figura alta e magra vestindo um conjunto de motociclista de couro preto e capacete deu a partida no motor de sua moto de trilha Yamaha 400 XT vermelha. O homem ajustou seus óculos e luvas de corrida e acelerou a potente máquina de quatrocentos centímetros cúbicos três vezes, verificando-a. Mas, antes de levantar a porta da garagem, ele esticou a mão até a bolsa lateral da roupa e, em seguida, deslizou um pequeno objeto de metal no bolso do peito.

Com um clique do controle remoto, a porta da garagem lentamente subiu, filtrando para dentro a luz brilhante do sol da manhã.

Capítulo 23

Subi o elevador até o Galaxy Bar, na cobertura do Hilton. As grandes janelas do lugar permitiam um abrangente panorama da cidade, desde a Acrópole até o porto do Pireu. Pedi uma bebida e vi uma mulher sentada sozinha em uma das mesas. Suas costas estavam voltadas para mim, mas achei que reconhecia o cabelo longo e preto e a maneira como ela segurava o cigarro.

— Linda?

Ela virou o rosto para mim e me surpreendeu um bocado. Era a comissária de bordo que eu havia conhecido em Míconos.

— Já esqueceu meu nome? — ela disse secamente. — É Maria, lembra?

Eu sorri encabuladamente.

— Ah, cacete... ahn... Escute — eu me atrapalhei —, nunca fui bom com nomes.

— Tudo bem — disse ela bruscamente. — O que você está fazendo aqui?

— Negócios. E você?

— Peguei uma escala prolongada — ela sorriu. — Eu tinha que relaxar depois de Míconos.

— Entendo — afirmei, pedindo um *cappuccino* ao barman.

— Com todas as viagens que faço, preciso de um pouco de descanso e diversão para compensar o *jet lag*.

— Quando é o seu próximo vôo?

— Segunda-feira. Mas devo demorar a voltar para a Grécia. Estou um pouco cheia e cansada desses gregos. Nada funciona aqui: táxis, telefones, relacionamentos, qualquer coisa.

Ela sorvia sua bebida por um canudo, enquanto olhava para

mim como se estivesse de ressaca. Suas mãos estavam tremendo; senti pena dela. Parecia cansada e triste, e seu ar era solitário.

— Você não está esperando um cara, imagino?

— Ah, por favor... — Ela fez sinal para o garçom e, antes que eu me desse conta, tinha pedido um conhaque para mim, para tomar com o café. — É bom vê-lo novamente, Grant.

— Hã, é Garth... isso nos deixa quites.

— Sim, tem razão. Eu também não sou boa para lembrar nomes.

— Então, está sozinha no hotel? — perguntei. Parecia inconcebível que uma jovem tão atraente pudesse estar sozinha.

— Se não levar em conta a tripulação do vôo, sim.

— O que, nenhum namorado? — Eu estudava seu rosto bonito enquanto ela sorria para mim.

— Tive um. — Seu sorriso entregava sua tristeza. — Tenho certeza de que você já ouviu esta história: rapaz grego mora em casa com sua mamãe. Claro, ele também se esqueceu de mencionar a esposa e os filhos. — Ela largou o cigarro no cinzeiro e tomou outro longo gole da bebida.

Identifiquei-me com ela de certa forma, porque, embora a falsidade seja parte da vida em qualquer lugar, na Grécia você nunca podia ter certeza de nada. Aqui, era fácil ficar encantado numa euforia cega de luzes e cores. O país era lindo, mas havia algo de diabólico em seu ar saturado de vinho que mergulhava qualquer um em períodos de loucura. Como algum tipo de magia perturbadora realizada pelos deuses. Mesmo os gregos não sabiam ao certo em quem confiar. O velho antídoto, citado por Homero na *Odisséia*, parecia verdadeiro: "Tome cuidado com gregos portando presentes".

— Esqueça seu namorado grego. Você é uma garota bonita. Esqueça-o.

— É fácil falar, mas eu o amava — afirmou ela, chorosa. Estendi minha mão até tocar a sua. Ela voltou a sorrir e eu me peguei sorrindo de volta para ela, como se houvesse um laço entre nós.

— Você gostaria de jantar comigo hoje à noite?

A expressão em seu rosto mudou para surpresa. Era estranha a maneira como seu rosto demonstrava seus sentimentos. Apesar de todas as suas dificuldades e do cinismo que enfrentava, ela era no mínimo franca e direta, e os sentimentos que mostrava eram verdadeiros.

— Eu adoraria jantar com você.

Percebi seu alívio ao ser resgatada do que poderia ser uma triste noite sozinha. Meus problemas pareciam também menos significativos agora.

— Encontre-me no bairro da Plaka, na praça principal, por volta das nove, que tal?

— Está bem. — Ela terminou sua bebida e acertou a conta.

Quando se levantou para sair, ela estranhamente estendeu sua mão com bastante formalidade para apertar a minha. Aquilo me deixou surpreso. Claro, quando nós nos encontráramos em Míconos ela estava bêbada e de modo algum era a serena jovem que se apresentava agora. Sua personalidade camaleônica me perturbou, mas por alguma razão a maneira como ela sorria me fez esquecer de tudo.

Capítulo 24

Nós jantamos no Steps, com vista para o Partenon. Sobre jarras de vinho tinto e pratos de *moussaka* e salada, discutimos o mundo e nossas vidas. A candura de Maria me desarmou. Ela era franca, solta e conversava abertamente, como se fôssemos velhos amigos. Nós nos surpreendemos ao descobrir que tínhamos muitas coisas em comum: arte, viagens e pontos de vista similares sobre política mundial.

Ela era a filha mais nova e única mulher de uma grande família de classe média do Oregon. Seu pai era um madeireiro aposentado, e sua mãe havia sido professora.

— Meu irmão assumiu o negócio quando papai se aposentou. Morávamos em Coos Bay, perto do oceano. Eu sempre amei o Pacífico; há algo de impressionante e majestoso nele. Ficarei feliz quando puder voltar... — ela falava despreocupadamente. — Acho que nunca tirei o pó de serra e a areia do meu corpo. Engraçado, não é? Suponho que você não aprecia as coisas simples até que não as tenha mais.

— O que a levou a sair de casa? — perguntei, enquanto um trio itinerante de tocadores de violão começou a cantar serenatas para nós.

— Bem, pode-se chamar isso de uma sede insaciável por romance e aventura, acho eu. Você sabe como é quando somos crianças: sonhamos viajar o mundo, visitar Roma e Paris. Conhecer pessoas interessantes.

— Então, aqui está você na Grécia. Isso não é parte do seu sonho também?

Ela ficou quieta e pensativa por um momento. Era como se eu houvesse tocado em algo que fizera soar a corda errada.

— Depois que eu me formei no colégio, fui para Portland. Era o passo inicial. Consegui meu primeiro emprego de aeromoça lá. Viagens locais, para começar.
— Você criou asas? — satirizei.
Ela me deu um rápido sorriso e continuou.
— Sim, mas as viagens locais estavam ficando chatas. Sou dessas pessoas que gostam de ver o que há além da montanha. Fui para Nova York e consegui um ótimo emprego em uma linha internacional. Minha primeira viagem foi para a Europa; uma emoção. Mas agora... — Seu olhar ficou distante. Ela bebeu outro gole de vinho. — Bem, não sei. Apenas parece que estou farta de viajar. — Percebi que, durante o jantar e o decorrer da nossa conversa, tínhamos tomado várias jarras de vinho e o nosso estado de ânimo havia se tornado bastante sério. — Você acredita em fenômenos psíquicos? — ela perguntou. — Quero dizer, premonições e coisas assim?
— Eu acho que sim — respondi. — Acho que você tem que prestar atenção às suas intuições. Por quê?
— Tenho tido uma sensação estranha... sabe, como se algo fosse acontecer?
— Ah, vamos lá, você está triste, nada além disso. Parece que você tem um caso de exaustão, mas é só.
— Não, é mais que isso — ela insistiu, olhando para a lua cheia. — Quando eu era criança, costumava ter esses estranhos sentimentos, e meus irmãos me apelidaram de Rainhazinha Vodu, porque eu costumava prever a sorte de colegas na escola. O engraçado é que eu acertava na maior parte do tempo.
— Uau, isso soa um tanto estranho. Deve ser a lua ou alguma outra coisa esta noite — eu rapidamente chamei o garçom para pedir a conta. — De qualquer forma, como eu disse, há uma linda lua lá fora; por que desperdiçá-la aqui? — Eu peguei sua mão e a conduzi colina acima.

A luz clara e pura do luar pairava sobre a Acrópole, fazendo as ruínas apoiadas em seu cume parecerem feitas de platina. Maria e eu andamos de mãos dadas abaixo do flanco norte da fortaleza do antigo templo, as luzes âmbar flutuantes iluminando todo o local. O ar frio e fresco tinha fragrância de pinho e jasmim doce. Os sons da cidade estavam distantes, e nós nos sentíamos isolados do mundo. Com exceção de umas poucas pessoas que passeavam por ali, nós estávamos sozinhos.

— Já fez amor sob a Acrópole? — perguntei corajosamente.

— Qual garota nunca fez? — brincou ela. — Quero dizer, toda garota turista em sua primeira viagem à Grécia deveria fazê-lo, pelo menos uma vez.

Apenas os sons dos grilos sussurravam no ar da noite. Ela envolveu meu pescoço com seus braços e me deu um beijo suave e quente. Não era o tipo de garota que fazia joguinhos; ela sabia o que queria. Devolvi o beijo e nós ficamos juntos, abraçados, sentindo um ao outro.

— Alguém já lhe disse como você é bonita? — sussurrei gentilmente, enquanto sua língua traçava o contorno da minha orelha. Senti seu corpo se derreter contra mim.

— Deixe-me fazer algo para você — ela disse de repente, acariciando meu pênis duro.

— Mas e todas essas pessoas andando em volta? — Eu me atrapalhava, meu blefe havia sido descoberto e eu estava perdido. Ela me pegou desprevenido.

— Ah, com medo, hein? Um rapaz grande como você? — provocou ela. Beijei-a firmemente nos lábios e a guiei rapidamente para os arbustos, longe do caminho principal. Do lado de fora nós ainda podíamos ouvir passos se movendo, mas eu não ligava mais.

Sua mão moveu-se para baixo, abaixando meu zíper. Então ela ajoelhou-se e tirou-o para fora, muito duro e ereto. A umidade quente de sua língua deslizou gentilmente sobre a cabeça.

Ela desabotoava minha camisa enquanto seus lábios deslizavam suavemente para cima e para baixo do pênis, prensando-se contra mim. Deitei-me de costas e me deixei levar, olhando para a lua cheia através dos pinheiros.

Gemi baixinho à medida que gozava. Eu me senti drogado e inflamado, como um fragmento incandescente movendo-se rapidamente pelo espaço. Puxei-a para cima, beijando-a num frenesi, conduzindo meus dedos para dentro de sua calcinha. Ela começou a gemer; tentei suavizar seus gritos com meus lábios. Baixei sua macia calcinha de renda gentilmente para o chão. Eu me movia vagarosamente, beijando seus mamilos vermelhos, duros, continuando pelo estômago, indo para baixo em direção a seus pêlos púbicos. Minha língua ansiosamente penetrou sua doce vagina molhada.

Seus gemidos ficavam perturbadoramente mais altos enquanto eu saboreava seu clitóris. Então, de repente, ela me puxou para cima dela.

— Eu quero você dentro de mim. Eu o quero em mim agora.

Penetrei-a, girando vagarosamente meus quadris. Depois de um curto espaço de tempo, ela atingiu o clímax e soltou um grito alto. Saí de dentro dela, lançando meu orgasmo quente ao lado de seu ventre. Em seguida, nós nos deitamos de costas, retomando o fôlego, encharcados num suor quente e sensual.

Então, um farfalhar soou novamente dos arbustos, seguido de risadas. Fiquei de pé, fechando nervosamente a calça, e vi um par de garotos gregos correndo pela trilha arenosa, colina abaixo. Maria endireitou calmamente o vestido, puxando-o para baixo, e eu a ajudei a colocar-se de pé.

— Você acha que eles viram algo? — perguntei.

— Eu não sei — ela riu —, mas eu espero que tenham aprendido alguma coisa.

Capítulo 25

Na tarde seguinte, fui ao saguão do Hilton.

O funcionário no balcão me espreitou meticulosamente por sobre seus bifocais prateados. Era um camarada de meia-idade, levemente careca, que parecia bastante formal e reservado em seu paletó castanho-escuro habilmente passado. Cometi o erro de dizer-lhe que eu queria um quarto para Eugene.

— Senhor O'Connor? Você diz que o nome do seu amigo é Eugene O'Connor e você quer reservar um quarto para ele?

— Isso mesmo. Para amanhã, por favor.

Ele me examinou com um olhar de desdém que me fez sentir como um garoto de escola pego "colando" numa prova. Ele devia ter sido um diretor de escola, por causa de seu jeito pomposo.

— Senhor Hanson, acontece que eu me lembro de seu amigo O'Connor muito bem. — Seu tom era oficial e paternalista. — Deve se lembrar de que, numa estadia anterior neste hotel, o senhor O'Connor banhou-se nu no chafariz da frente?

— Ah, sim, vagamente — respondi, na defensiva, esfregando a barba curta no meu queixo.

— A polícia teve que ser chamada porque ele fez uma cena e tanto, você se lembra? O Hilton não pode aceitar esse tipo de comportamento de nossos hóspedes. Nós temos uma reputação a zelar. — Ele se enfureceu, cheio de indignação.

— Eu prometo que não acontecerá novamente. Serei o fiador do senhor O'Connor dessa vez.

— Receio que não possa aceitá-lo aqui, senhor.

— Ah, vamos lá, amigo. Aquela vez foi por causa de uma doença. As pessoas fazem coisas estranhas quando estão sob o efeito de medicamentos.

— Como correr nu num chafariz com garotas?

— Vamos lá — assegurei-lhe. — Não acontecerá novamente. Eu serei seu fiador. — Deslizei uma nota de cem dólares, que falou com mais eficiência que palavras.

— Nós daremos a ele mais uma chance, senhor Hanson.

Ele embolsou o dinheiro no paletó.

— Agora, tem algum recado para mim?

— Sim. Há um recado de uma certa senhorita Heller, deixado aqui esta manhã, que diz que ela partiu.

— Partiu... você tem certeza? — Eu arranquei o recado de suas mãos.

— Sim. Eu a vi partir bem cedo com o doutor Christofis, senhor. — Ele havia cometido um grave erro e eu vi a cor subir para suas bochechas. Sua presunção me irritou.

— Olhe, eu tentei encontrá-la o dia todo e agora você finalmente me diz que ela "partiu"? Vejo que este bilhete estava parado aqui havia horas. Por que ele não foi enviado ao meu quarto? Quem é o responsável aqui?

— Bem, sou eu, senhor — disse ele, tentando manter a pose. — Eu não entendo por que não foi entregue em seu quarto mais cedo.

— Então talvez você possa me dizer para onde eles foram? Esse bilhete apenas diz que ela deixaria Atenas.

— Acredito que ela estava indo ao aeroporto, senhor. Penso que iria pegar um avião com o senhor Christofis.

Eu me virei para que ele não percebesse o choque que a notícia produzira em mim. Que porra estaria Linda fazendo com Christofis? Ela o conhecia ou era uma coincidência que o tivesse encontrado em Atenas? Ou será que ela havia ido vê-lo para procurar informações sobre Ralston, como eu fizera?

— Bem, para onde diabos eles estavam indo?

— Sinto muito, eu não sei, senhor — respondeu ele, desajeitado, tentando em vão manter sua dignidade.

Fui embora intrigado e quase não percebi quando o homem do balcão me chamou, lembrando-me de que eu havia esquecido a chave-cartão do meu quarto.

Vagueei até a piscina onde Maria e eu tínhamos combinado de nos encontrar. Ela estava esticada numa espreguiçadeira, bebericando limonada e espalhando protetor solar, vestida num minúsculo biquíni preto. Lembrei-me da noite anterior, quando fizéramos amor sob o luar, na Acrópole. O sol claro e quente brilhava sobre a água turquesa da piscina. Ela levantou a mão enquanto eu me aproximava e me puxou para baixo, ao seu lado.

— Onde está sua roupa de banho? — perguntou. — Está um forno aqui. — Ela já desabotoava minha camisa, correndo suas mãos oleosas pelo meu peito. Movi minha cabeça para baixo para beijá-la.

— Talvez nós devêssemos ir lá pra cima mais tarde — insinuou ela, movendo-se para a beira da piscina. — Mas, agora, eu preciso dar uma nadada. — Ela mergulhou e gotinhas de água espirraram em mim. Observei-a por um momento, enquanto ela nadava como um golfinho gracioso por todo o comprimento da piscina, ida e volta. Fui até o vestiário, coloquei meu traje de banho e me juntei a ela na beira da piscina.

— Vamos apostar corrida até o fim da piscina? — desafiou-me ela, alegre e brincalhona como uma criança. A melancolia que a havia assombrado na noite anterior parecia ter se dissipado. Mergulhei na água fria e clara e nadei até dela. Nós nos agarramos na piscina, afetuosamente.

— Você fez do meu último dia em Atenas um dia tão perfeito...

— À sua disposição, minha senhora — eu disse.

— Não, sério. Você me ajudou muito, e quero lhe agradecer por isso.

— Você pode me agradecer mais tarde. Agora, vamos à nossa corrida.

Passei uma tarde agradável e relaxante com ela e, mais tarde, nós nos encontramos novamente no Polo Lounge, recinto à meia-luz ao lado do saguão. A música era calma e suave, e ela falava amigavelmente, com seu jeito franco.

— Você nunca saberá quanto foi bom para mim, Garth. Só estar com você já me dá forças — ela estendeu a mão e examinou o anel de ouro em seu dedo. Era um lindo anel: um nó de amor com um pequeno diamante no meio. Ela o retirou e o apertou no punho.

— Eu costumava pensar que isso significava alguma coisa. — Mais uma vez ela parecia estar à beira das lágrimas, mas, depois de alguns momentos em silêncio, se recompôs. — Ele me deu isso.

— Seu namorado grego, presumo?

— Sim, Nikos. — Ela ainda não tinha me falado o nome dele, nem havia contado mais nada sobre eles além do caso rompido. Agora parecia tomada pela nostalgia e ansiosa para falar sobre o assunto, como se encontrasse alívio nas lembranças. A amargura havia deixado sua voz; restava apenas uma ponta de tristeza.

— Conheci-o na minha primeira viagem à Grécia. Acho que foi amor à primeira vista. Meu Deus, as flores, o romance. Eu nunca havia tido nada como aquilo antes. Ele era um verdadeiro cavalheiro. Nenhum outro homem jamais havia "tirado meus pés do chão" daquela maneira antes... isto é, até você aparecer.

Eu acendi um cigarro e deixei-a falar, enquanto fitava seu rosto adorável. Sentia um amor caloroso, quase fraternal por ela.

— Tive apenas Nikos, por muito tempo — continuou ela. — Ele me deu esse anel no último Natal, como um presente de noivado. — Ela abriu a mão e segurou o anel contra a luz; o diamante cintilou. Logo em seguida ela tornou a fechar a mão.

— Ele também prometeu que nós nos casaríamos, mas sempre tinha alguma desculpa para justificar por que deveríamos esperar mais. Primeiro ele disse que tinha que esperar até que sua irmã se casasse. Então dizia que sua mãe estava doente... Mas eu achava estranho ele nunca me levar para conhecer sua família.

Eu poderia tê-los conhecido, porque o vilarejo onde moravam não era longe de Atenas.

— Bem, o que aconteceu? — perguntei, impaciente pela resposta.

— Foi na última viagem que eu fiz para cá. Ele não estava me esperando, então pensei em lhe fazer uma surpresa. Fui direto para seu apartamento, mas encontrei-o com outra mulher na cama. Primeiro eu pensei que fosse sua irmã, mas não era.

— Bem, quem era afinal?

— Era sua esposa, claro. *Sua esposa!* Você consegue imaginar o choque? Eu queria morrer.

— Ah, merda.

— Exatamente. Eu fiquei fora de mim e corri para longe dali.

— Não se sinta sozinha. Isso acontece com homens também.

— Quer dizer que já aconteceu com você?

— Não exatamente, mas ser enganado pelas pessoas é comum, e, claro, é pior ainda quando acontece com pessoas que você ama. Minha esposa também estava com um homem na cama uma noite, quando voltei para casa inesperadamente.

Quis contar-lhe sobre meu casamento fracassado, mas decidi que era tudo tão sem sentido que não valia a pena. Muita coisa na vida é apenas passageira, e o que havia acontecido em minha vida ultimamente a havia tornado tão surreal quanto uma pintura de Dalí.

Maria guardou o anel na bolsa e sorriu para mim.

— Eu me sinto muito melhor, Garth. Obrigada por me deixar falar. Eu precisava colocar para fora e você me deixou fazê-lo.

— Eu não me esquecerei de você, Maria. — Eu me curvei sobre a mesa e a beijei.

Havia um ar seguro e determinado em seu rosto.

— Sabe o que eu vou fazer agora?

— O quê?

— Além de trepar com você loucamente esta noite — ela piscou os olhos —, eu vou devolver esse anel a Nikos e atirá-lo em seu rosto.

— Tem certeza de que quer fazer isso?

— Tenho. Não quero levar nada de volta aos Estados Unidos comigo.

— Bem, se isso a faz se sentir melhor, faça-o.

— Na verdade, acho que vou agora mesmo. Posso ligar para você mais tarde e dizer o que aconteceu?

— Claro. Eu vou adorar saber como foi.

Ela levantou-se para sair.

— Nós vamos tomar uma bebida de despedida mais tarde lá em cima, ok?

— Puxa, será que não poderíamos fazer isso agora? — falei, desajeitado. — Quero dizer, não poderíamos ir ao seu quarto agora?

Eu sabia que estava sendo egoísta, mas o desejo sexual me fazia querer mantê-la ali. Ela, porém, estava determinada, então segui-a até o lado de fora do saguão. Na entrada do hotel, nós nos beijamos brevemente e, como uma despedida de amigos, eu a vi sair através das portas giratórias para o tumulto da rua.

Estava começando a anoitecer, e eu podia ver o tráfego se movendo lentamente ao longo das amplas avenidas. Alguns pedestres aproveitavam a solidão de um passeio; vi então um motociclista parado na entrada do hotel. Eu o notei brevemente porque ele usava um conjunto completo de couro preto e um capacete com a viseira abaixada sobre o rosto. Maria tinha acabado de atravessar a rua e o motociclista ligou o motor e saiu da entrada do hotel, fazendo uma volta ao longo do meio-fio. Tudo pareceu acontecer num borrão depois daquilo. Ouvi o som de bombinhas encoberto pelo rugido do motor da motocicleta, então olhei rapidamente e vi Maria dar um pulo para trás, caindo na calçada. Primeiro, pensei que ela tivesse tropeçado no meio-fio, então vi a motocicleta sumir zunindo no tráfego.

Tudo acontecera como se estivesse em câmera lenta.

Eu não podia chegar a ela rápido o suficiente, e, quando finalmente alcancei o local, já havia uma multidão em volta; os carros e ônibus diminuíam a velocidade. Vozes distorcidas gritavam em grego. Uma anciã gemeu e abaixou-se na calçada, retorcendo as velhas mãos e fazendo o sinal da cruz.

Quando a alcancei, Maria estava deitada com o rosto para cima, os olhos arregalados encarando tudo sem expressão. Havia sangue em sua boca e uma larga poça estava vazando pela parte da frente de sua blusa. Abri caminho por entre as pessoas e me ajoelhei ao lado dela. Havia vários rasgos no tecido de sua blusa, e o sangue borbulhava através deles. Levantei seu pulso, senti sua pulsação e percebi que ela estava desaparecendo rápido. Alguém atrás de mim gritou:

— *Astynomia, parakalo!* Chamem a polícia.

— Pelo amor de Deus, chamem uma ambulância! — gritei.

Mas era muito tarde; peguei sua mão novamente, e já estava fria e flácida. Por um momento pareceu que ela tentava falar, mas foi apenas capaz de emitir um som ofegante antes de seu corpo ceder. Ela estava morta. Senti como se eu quisesse chorar, mas toda a emoção estava trancada dentro de mim. Alguém me agarrou pelo ombro e me ergueu.

— Você conhece essa garota? — a voz era dura e precisa, e, enquanto eu olhava para cima, notei que encarava o rosto de um policial de Atenas. Ele falou algo em grego para outro oficial que tinha acabado de chegar.

— Você... você vem conosco! — ele ordenou, conduzindo-me para o carro-patrulha.

— Por que eu? — defendi-me. — Eu não atirei nela. — Mas eles não me ouviram e, enquanto nos afastávamos, tudo o que eu podia ouvir era o desesperado lamento da sirene de uma ambulância.

Capítulo 26

— Quem poderia querer matá-la?
— Talvez você possa responder isso, senhor Hanson.

O inspetor chefe Kostas Haralambopoulos manuseava suas contas de meditação, medindo os passos incansavelmente ao redor da sala. Ele parou apenas algumas vezes para tragar seu cigarro ou para tomar um gole de água de um copo em sua mesa. Minha boca estava seca e eu louco de vontade de fumar. Ele era rígido e opressivo.

— Diga-me... há quanto tempo você conhecia essa jovem mulher?

Eu repeti a história inteira para ele pelo que me parecia ser a centésima vez. Sabia que ele estava tentando achar uma falha nela, para que eu revelasse alguma verdade escondida. Ele estava determinado e diligente na sua busca por uma dica. Continuou se movendo ao meu redor, fitando-me com olhos apertados como um leão enjaulado. Eu admirava sua tenacidade. Era um homem de meia-idade, alto e musculoso. Parecia apreciar uma vida ativa, com seu espesso bigode preto.

— Qual era seu nome completo?

Senti-me um pouco embaraçado. Maria e eu tínhamos passado um bom tempo juntos, e ainda assim eu não podia dizer-lhe o sobrenome dela. Teria minha vida se tornado tão rasa, impessoal e egocêntrica que eu havia me esquecido de perguntar seu sobrenome?

Haralambopoulos examinou o conteúdo da bolsa de Maria, que ele havia esvaziado sobre a mesa. Pegou o passaporte e o folheou.

— Maria Warren. Idade: vinte e cinco. Local de nascimento: Coos Bay, Oregon, Estados Unidos da América. — Ele tropeçou no nome da cidade e sorriu diante do seu próprio erro de pronúncia. Havia soado mais como "Cows Bay"[6]. Ele falava numa voz profunda e ressonante com sotaque grego, embora seu inglês fosse bastante bom.

— O local de residência dela?

— Nova York, segundo ela me disse.

Ele correu os dedos através dos cabelos crespos que começavam a ficar grisalhos e fechou os olhos como se estivesse pensando, concentrando-se em algo.

— Ah, sim, Nova York. Sabe, eu morei em Astoria por três anos nos anos 1960. Era cozinheiro de uma cafeteria — ele olhava para mim e se lembrava. Um sorriso veio ao seu rosto duro: — Sim, conheço bem os americanos. Então, diga-me, meu amigo, o que você está fazendo na Grécia?

— Apenas tirando férias — respondi, cautelosamente. — Sou um artista. Vim para cá para pintar e aproveitar a luz do sol.

— Seu passaporte, por favor... — Ele parecia ter esquecido que já o tinha sobre a mesa. Verificou as páginas mecanicamente e, então, pegou o telefone, discou e falou brevemente em grego. Em seguida voltou-se para mim: — Nós o verificaremos porque temos que ter certeza que tudo está em ordem. Diga-me, a senhorita Warren tinha inimigos, alguém que você pudesse saber a respeito?

— Não que eu saiba.

Ele pegou o pequeno anel de ouro entre os objetos pessoais e brincou com ele. Não fosse pelo maldito anel e a determinação dela em devolvê-lo a Nikos, ela ainda estaria viva.

— Maria tinha um namorado — afirmei, tentando desviar a atenção. — Um grego que era casado; mas isso não faz sentido, ele não teria razão para matá-la.

— E qual o seu relacionamento com ela, senhor Hanson?

— Bem, até onde convivemos, éramos apenas bons amigos.

---

6 – Cows Bay — Baía das Vacas. (N. T.)

— "Apenas bons amigos", diz você? O barman me disse que você estava transando com ela. É isso mesmo? Você fez sexo com essa garota? Quantas vezes? Mas você diz que nem mesmo sabia o sobrenome dela. E afirma que vocês eram "apenas bons amigos"?

Ele fez com que eu me sentisse um merda. Meu caso com Maria tinha agora se tornado exagerado sob o admissível microscópio da lei. Eu havia me tornado um lixo, quando na realidade tinha sido profundamente tocado pelo meu breve encontro com Maria. Haralambopoulos não era capaz de entender isso, porque era apenas um policial grego procurando encerrar mais um caso. Um sargento de aparência grosseira movimentou-se pesadamente pela porta e pegou alguns arquivos na mesa, o tempo todo olhando para mim como se eu já fosse culpado, então caminhou para fora. O telefone tocou e o inspetor o atendeu. Ele ouviu com atenção e murmurou algo como *"Entaxi, entaxi...* ok". Então acendeu um cigarro. Olhei para ele e, surpreendentemente, ele me estendeu um.

— O laboratório diz que foi um trabalho profissional. Usaram uma arma calibre vinte e dois achada em uma lata de lixo em Syntagma.

— Você quer dizer, como a de um atirador?

— Atirador, assassino, chame como quiser.

— Mas por que eles colocariam um assassino atrás dela? Era apenas uma comissária de bordo! — perguntei.

— Quem sabe, talvez no lugar errado na hora errada. De qualquer forma, parece que ela foi uma vítima inocente, visto que não tinha conexões políticas aparentes. Coisas como essas acontecem em Atenas de vez em quando. — Ele me atirou o passaporte. — De qualquer modo, você está livre agora. Se precisarmos de você novamente nós o encontraremos.

Levantei-me e saí levemente confuso com toda aquela prova. Lembro-me vagamente de um guarda me acompanhando porta afora, através dos saguões lotados da delegacia.

Capítulo 27

Um dos homens de Haralambopoulos me conduziu de volta ao Hilton. Os primeiros raios violeta da manhã estavam no céu. Verifiquei o meu relógio. Eram cinco horas da manhã e eu estava quebrado. Meu corpo doía de exaustão, mas eu sabia que não conseguiria dormir.

O funcionário do balcão me dirigiu um olhar acusador quando pedi por outra chave-cartão do quarto. E, quando finalmente entrei em meu quarto, soube que alguém havia estado ali. Os rapazes de Haralambopoulos tinham obviamente feito uma busca completa, pois as gavetas estavam abertas e as roupas, espalhadas. Mesmo a minha bolsa de suprimentos de pintura tinha sido cuidadosamente vasculhada. Pelo menos eles não haviam apertado os tubos. Abri o chuveiro e deixei os jatos quentes de água golpearem meus ombros doloridos. Eu queria esquecer tudo aquilo. Em uma maldita semana, eu tinha testemunhado dois assassinatos. Eu estava definitivamente indo muito fundo. Precisava dormir um pouco.

Passava do meio-dia quando finalmente deixei meu quarto depois da soneca. Saí do elevador e alguém chamou meu nome. Era Eugene, no balcão da recepção, discutindo com o assistente de gerência, que torcia as mãos nervosamente.

— Que porra é essa que eu escuto sobre você sendo preso?

— Eu lhe conto mais tarde — respondi. — Aqui não.

— Oh, bom dia, senhor Hanson. *Kali mera* — disse o assistente de gerência. Ele estendeu sua mão, desculpando-se. — Eu sinto muito, senhor, se lhe foi causado algum problema por causa do terrível incidente do qual o senhor participou ontem. Foi terrível... terrível.

— Que diabos está acontecendo aqui? — perguntou Eugene.
— Eu vim aqui para me divertir e, em vez disso, encontro um maldito funeral.

O assistente de gerência balançou a cabeça desdenhosamente diante da crueldade de Eugene. Eu não estava com ânimo agora para ele também. Puxei-o de lado.

— Cara, você sabe em que porra eu estive metido aqui? Essa coisa toda é como um maldito pesadelo!

— Ok, eu posso ver que você está num mau caminho, companheiro. Apenas esfrie a cabeça. Tudo vai dar certo. — Ele me deu um tapinha nas costas de modo tranqüilizador. — Nós vamos devagar, vamos tomar nosso café-da-manhã, comer alguns bifes e ovos; um cafezinho irlandês e você vai estar afinado como um bom violino.

Eugene também não era exatamente um arauto da boa disposição.

Parecia que Míconos estava fervilhando não apenas com detetives, mas havia a Interpol também. Os relatórios da autópsia aparentemente mostravam que Jacinto, o suposto assassino de Richard Bryan, estava morto muito antes de seu corpo ter entrado na água. Embora ele tivesse sofrido vários ferimentos quando seu corpo atingiu as pedras na base do penhasco, o médico legista relatava que fora um acentuado golpe na base do crânio que o havia matado. Ele tinha sido morto pelo menos uma hora antes de supostamente haver sido jogado ao mar. Então, o que parecia ter sido um suicídio agora era oficialmente mais um assassinato.

— As coisas estão ficando bem loucas, né? — Eugene franziu as sobrancelhas na mesa do café-da-manhã. Toda aquela conversa séria o havia deixado sóbrio. Ele não estava com seu jeito jovial de sempre. Mal havia tocado nos ovos em seu prato.

— Eu digo que nós devemos sair daqui logo.

— Você quer dizer, deixar a Grécia de uma vez por todas?

— É isso mesmo — disse ele. — Eu estou saindo.

— Bem, para onde?

— Goa, Índia, cara. Ouvi dizer que lá a vida é barata e há pequenos vilarejos de pesca. Muitas beldades de olhos castanho-escuros também.

— Parece interessante; talvez eu vá com você.

Nós brindamos à idéia com nossos cafés irlandeses. Era o primeiro plano sensato que Eugene tinha tido em muito tempo. Ele estava sendo pragmático, o que era um tanto fora de contexto do seu modo de ser despreocupado e impulsivo.

— Mas você sabe que há algo que precisamos fazer primeiro — disse ele. — Alguns negócios não concluídos.

— Meissner, você quer dizer?

— Sim — Eugene riu com um olhar diabólico em seu rosto.

— Vender as ânforas?

— É isso aí, companheiro — afirmou. — Nós vamos precisar de dinheiro.

— Tá certo, você tem razão. Eu também tenho alguns negócios inacabados. — Você vai visitar aquela boa galeriazinha de arte em Kifisia, e eu tenho hora marcada num médico.

Capítulo 28

Uma voz alegre respondeu a chamada telefônica e me informou que o doutor Christofis estaria de volta ao consultório em uma hora. Também disse que eu podia marcar uma consulta — se não me incomodasse de esperar até que ele tivesse visto seus pacientes habituais.

O calor da tarde espalhava-se pela cidade, o sol refletindo na calçada como a parte de cima de um fornalha quente. Decidi ir caminhando até lá; parei na grande praça no meio do caminho para tomar um copo de café gelado.

Cheguei ao consultório médico na hora determinada. Havia algumas pessoas esperando na área da recepção; folheei um exemplar velho da *Newsweek* e li um artigo sobre outro pregador evangélico da tevê, condenado por fraude, sendo solto da prisão. Então, mais adiante, li sobre um outro que, tendo sido preso por um ano, imediatamente retomou seu ministério depois de usurpar dinheiro de seus seguidores. Eu estava chocado. Li sobre outro tiroteio entre os protestantes e os católicos no norte da Irlanda. Meu Deus, a religião havia perdido todo o sentido? Eles não tinham mais vergonha? Eu estava ficando cheio e cansado disso. Meus pensamentos se voltaram para a noite anterior: Maria morrendo na rua, suposta vítima de um assassinato. Mas quem diabos a mataria? Não fazia sentido. Coisas assim estavam acontecendo numa freqüência crescente, mas normalmente era em torno de algum líder político que elas ocorriam. O terror estava se espalhando tanto que poderia chegar perigosamente perto. Abaixei a revista, me sentindo um tanto deprimido, e fiquei reflexivo.

A sala da recepção era pequena e sem ar-condicionado, mas a recepcionista tomava o cuidado de dispor flores frescas para animar a atmosfera austera. Reconheci uma gravura na parede como um

Monet — *Lilases na água*; cores pastel sutis, agradáveis aos olhos. Havia também alguns diplomas enquadrados na parede atrás da mesa. Prestei bastante atenção e notei que um diploma havia sido dado pela Universidade de Oxford e outro pela Academia Médica de Atenas. Um era a reprodução da especialização do doutor Christofis em medicina interna.

— Você poderia entrar, por favor? — disse a agradável recepcionista. Ela indicou que eu deveria segui-la para a sala de exames do médico.

Sentei-me em uma das cadeiras. Ela sorriu graciosamente. Pequena e delicada em seu uniforme claro de enfermeira, ela me mostrou onde pendurar minhas roupas.

— Eu não vim para um exame — expliquei. — Somente uma consulta.

— Oh! — exclamou ela, curiosamente. — Então, se não se incomodar de esperar... Aqui está uma revista para você ler.

Deus, não, pensei. Eu preferia evitar mais notícias negativas. Fiquei lá esperando, como um homem na corte, pronto para ouvir sua sentença.

Felizmente, em poucos minutos, a enfermeira voltou sorrindo.

— Doutor Christofis o verá agora. Você pode entrar na sala.

O consultório era anexo à sala de exames. Era um espaço claro com uma janela que contemplava um pátio. Doutor Christofis apertou minha mão e me ofereceu uma cadeira.

— Senhor Hanson? Eu acredito que já nos encontramos antes... — Eu o lembrei de minha visita anterior. — Ah, sim, o amigo de John Ralston. Receio que não possa dar-lhe nenhuma informação a mais sobre aquilo.

— Eu não vim por causa de Ralston — afirmei bruscamente. Ele me estudou.

— Como posso ajudá-lo?

— Não é um problema médico. Eu estou procurando uma amiga... Linda Heller.

— Entendo — ele cruzou os braços e reclinou-se em sua cadeira giratória, assumindo uma pose muito crítica. Seu rosto bronzeado e bonito tinha linhas entalhadas nos cantos dos olhos e da boca. Era um rosto sério, revelando um caráter forte, ainda que simpático. Ele era um médico dos pés à cabeça. Peguei-me invejando-o por inúmeras razões e imaginando se ele e Linda estavam tendo um caso.

— Veja você, eu cheguei de Míconos na noite passada — prossegui —, e esperava encontrá-la no Hotel Hilton, numa apresentação de moda.

— E de onde você tirou a idéia de que eu poderia saber onde ela está? — perguntou ele, despretensiosamente.

Podia ver que ele estava jogando comigo. Teria que agir com cautela.

— Você realmente conhece a senhorita Heller, não conhece?

Ele sorriu.

— Na verdade, sim.

— De que forma?

— Não que seja da sua conta, mas acontece que ela está interessada em algumas pesquisas que tenho feito no Oriente Médio. Encontrei-a num seminário na semana passada. Uma adorável mulher israelense, não é?

A palavra relampejou em minha mente. Ela nunca mencionou que era israelense. Eu teria que investigar um pouco mais.

— E o que era essa pesquisa que você estava fazendo?

Seu comportamento de repente se tornou evasivo.

— Eu realmente não vejo mais razão para aprofundarmos esse assunto. — Ele se curvou para frente e me encarou com os olhos azuis-claros, penetrantes, sem piscar. — Agora, preciso voltar ao trabalho. — Ele apertou uma campainha e deixou claro que era o fim de nossa conversa.

— Bem, obrigado por nada, doutor. Imagino que eu tenha que verificar em outro lugar.

— Talvez... — respondeu ele, enquanto a recepcionista entrou para me conduzir até a saída.

Capítulo 29

Eugene esperava por mim no Polo Lounge, já em seu segundo gim-tônica. Seu rosto estava vermelho, queimado de sol, e ele parecia exausto.

— Então, como foi, playboy? — ele me questionou. — Conseguiu alguma coisa de seu amigo doutor?

— *Tip-po-ta*. Absolutamente nada! — exclamei, cansado. — E você com Meissner?

— Tudo estava bem fechado. Eu até entrei pelo portão e encontrei um velho trabalhando nos jardins. Passei um apuro dos diabos tentando me fazer entender com seu dialeto de vilarejo. Provavelmente da Albânia e meio surdo. Mas o que eu pude compreender foi que Meissner empacotou tudo e partiu há umas duas semanas. Aparentemente despachou tudo por barco.

— Quê? Por que diabos ele partiu?

— Não sei. Provavelmente se assustou com o fracasso da ânfora de Fredericks. Revirei alguns dos galpões por lá; a única coisa que ele deixou foi uma surrada moto de trilha coberta com um encerado.

— O que você disse? — perguntei, excitado. — Que marca de moto?

— Eu não sei... uma Yamaha 400 XT ou algo assim.

— De que cor?

— Vermelha — ele tomou um longo gole de gim e começou a mastigar um dos cubos de gelo. — Acho que está quebrada ou talvez eles tenham apenas se esquecido de pegá-la.

— Você está brincando? — eu disse, me levantando. — Essa é a moto do assassino!

— Pelo amor de Deus, cara, quer se acalmar? Essa coisa toda está saindo do controle. Você não tem certeza de que seja a moto.

Então, por que ficar todo agitado? Isso apenas nos causará mais problemas com os tiras.

— Tem razão. — Instalei-me de volta na cadeira. — Mas com certeza isso me deixa curioso.

— Bem, esqueça isso. Agora, o que eu sugiro a você é terminar esse maldito ícone, e então nós todos poderemos dar o fora daqui com um belo extrato bancário.

— Certo — concordei —, até porque, se nós vamos cair fora daqui e arranjar algum trabalho, precisaremos de algum capital para começar. Além disso, Rick pode se tornar um sujeito desagradável se eu não fizer a entrega.

Eugene pediu a conta ao garçom.

— Agora você está pensando, rapazinho. Termine esse ícone.

Eu momentaneamente desviei minha atenção para uma loira exuberante que entrava no bar. Acabei minha bebida e decidi subir para o meu quarto. Havia uma garota nova trabalhando no balcão de reservas; ela parecia eficiente, então pedi-lhe que verificasse que seminário Christofis tinha dado recentemente no hotel. Ela estava bastante contente em me atender. Folheou as listas com suas unhas cuidadosamente feitas, então olhou para mim com um sorriso satisfeito.

— Sim, aqui está, senhor. Houve um seminário na semana passada feito pelo doutor Michael Christofis, mas eu receio que ele tenha sido fechado ao público.

— Bem, e sobre o que era? — perguntei, ansioso.

— O seminário se intitulava "Artefatos Religiosos e Cristandade".

— Quê? Deve haver um engano, ele é médico.

Ela percorreu suas credenciais, como se estivesse lendo um currículo.

— Aqui diz: o doutor Christofis graduou-se em Oxford em 1972 e freqüentou a Escola de Medicina de Atenas de 1973 a 1978. Também diz que ele é arqueólogo nas horas vagas.

— Arqueólogo?

— Sim. Eu suponho que médicos costumam ter seus passatempos. Isso é tudo, senhor?

— Sim, está ótimo — respondi, me afastando. Nada fazia sentido agora; por que Linda estaria interessada em ir a um dos seminários de arqueologia do doutor Christofis?

Qualquer que fosse o caso, era hora de voltar para a ilha. Talvez, então, Linda me dissesse mais sobre seu estranho relacionamento com o bom doutor.

Capítulo 30

Era sempre um prazer voltar a Míconos vindo daquele verão infernal chamado Atenas. Assim que deitei minhas costas na areia da Paradise Beach, o tórrido sol dourado gentilmente me trouxe uma nova lufada de entusiasmo. A reprodução do ícone estava quase completa, e pelo menos eu tinha descoberto o que havia acontecido com John. Entretanto, o quebra-cabeça de Linda ainda se prolongava nos escuros recônditos de minha mente. Mas o desfile incessante de adoráveis garotas minusculamente vestidas passeando para cima e para baixo na praia acalmou minhas preocupações.

Eugene retornava à costa após mais um cruzeiro do pileque na escuna branca e laranja-claro de Dimitri; resolvi dar uma nadada e mergulhei nas águas frias e claras para encontrá-lo.

— Ouvi que você estava de volta — Eugene gritou da proa. — Em que encrenca você se meteu agora?

Enquanto eles baixavam âncora eu nadei para a parte superior da amurada e subi a bordo.

— Lembra o médico do John? Bem, tudo indica que ele encontrou Linda em Atenas. Parece que ele também tem um pequeno passatempo, como Meissner: arqueologia, especialização em artefatos religiosos.

— Sério?

— Olha, essa maldita coisa está ficando muito estranha.

— Não tenho a menor dúvida, camarada. Olhe, eu vim aqui para me divertir. Vamos esquecer essas histórias de Linda e Meissner.

— O quê, você vai desistir assim tão facilmente? Esse não é o Euge que eu conheço.

— Esqueça isso, cara. Eu estou indo de volta para a cidade. A propósito, a senhoria diz que tem um pacote para você. Vem comigo ou não?

— Tá legal. Vou catar minhas coisas.

Eu mergulhei novamente, peguei minhas roupas e a toalha e nós levamos a velha escuna para o porto, contornando o cabo.

Míconos estava voltando à vida quando nós entramos no porto ventoso. Os comerciantes das lojas enfileiradas em frente ao porto arrumavam suas mercadorias, e donas de casa sacudiam cobertores por sobre as grades dos balcões. Alguns turistas madrugadores circulavam com bagagens e câmeras erguidas e prontas, observando a paisagem com admiração. Petros, o pelicano, famoso mascote de Míconos, vagueava na paisagem; o clique das câmeras o seguia por todo lugar, principalmente quando os pescadores o alimentavam. Todo mundo amava o majestoso pássaro, que era muito bem-vindo em qualquer lugar por onde passeasse.

Enquanto subíamos os degraus para o apartamento, a senhoria veio até o pátio para nos saudar. Ela me entregou um grande pacote de papel pardo; seu sorriso resplandecia. Eu agradeci educadamente. Era uma boa mulher, muito tolerante e atenciosa. Tratava a mim e a Eugene com curiosidade e respeito, junto com uma generosa dose de amor maternal grego. Proseava amigavelmente conosco, ainda que nós raramente conseguíssemos entendê-la. Convidou-nos a partilhar a refeição, mas nós declinamos da oferta, agradecidos.

Eugene já estava tirando a roupa de trabalho antes mesmo que nós tivéssemos alcançado a porta do apartamento. Fomos direto para a geladeira para procurar comida; ela estava vazia. Ele bateu a porta da geladeira resmungando, puxou seu short e olhou para o pacote.

— O que tem aí, uma maldita bomba?

Em vista dos recentes acontecimentos, eu hesitava em abri-lo. Eugene olhava desconfiado enquanto eu desembrulhava o papel pardo e cuidadosamente levantava a tampa da caixa. Sua curiosidade logo se transformou em espanto.

— Meu Deus, alguém roubou as jóias da coroa ou o quê? — O rosto de Eugene estava iluminado com reluzentes raios de luz.

Dentro da caixa havia um ofuscante conjunto de jóias, sem dúvida vidro barato, mas cópias perfeitas de jóias verdadeiras. Havia colares de pérolas e fechos de diamantes com armações de esmeraldas e rubis; uma coleção de broches com engastes de pedras que imitavam diamantes, formando uma inscrição em grego. Sob eles, cuidadosamente embrulhada em tecido, estava uma moldura dourada, delineada com ornamentos tão perfeitamente entalhados quanto aqueles que emolduravam o Ícone de Tiniotissa. O alto da moldura tinha uma cruz, sustentada por dois anjos, com fitas trabalhadas em folhas de ouro gravadas com inscrições gregas. Era fruto do trabalho manual de um hábil joalheiro ou ourives. Andersen devia ter pagado uma pequena fortuna por tamanha qualidade de trabalho. Os passos macios e arrastados da senhoria subiam a escada; coloquei a tampa de volta na caixa no momento em que ela chegou à porta.

— *Ela*, vem — disse, me estendendo um envelope. — Esqueci, este vem também.

— Quem entregou o pacote, *kyria*?

— Oh, *Panagia*. Ele pagar a mim bom para manter seguro para você. — Seus olhos, pretos como os de um pássaro, brilharam com curiosidade enquanto ela encarava a caixa avidamente.

— Quem pagou você?

— Homem. Não grego, mas ele fala grego. Talvez greco-americano. Grande escuro homem. *Megalo mavro* — ela esfregou suas mãos no avental agitadamente. Estava esperando que eu a convidasse para espreitar a caixa.

— *Mavro?* Um homem negro? — perguntei.

Ela sacudiu a cabeça com um pequeno estalar de língua.

— *Ochi.* Não negro. Cabelo negro, *moustaki, ola...* — ela fazia gestos imitando um bigode e uma barba. A descrição não se encaixava com ninguém que eu conhecia. Ela apontou para a caixa.

— Não é nada, *kyria.* São apenas alguns suprimentos de arte que eu encomendei em Atenas. — Acompanhei-a porta afora antes que a curiosidade a dominasse por completo. Ela pareceu um pouco desapontada. Elogiei-a pelo belo jardim de vasos de plantas e ela pareceu alegrar-se. Suas faces coradas ficaram quase tão rosadas quanto seus gerânios.

— Senhor Garth, bom rapaz — disse ela, e depois chacoalhou o dedo indicador para mim, em tom de repreensão. — Eugene, ele não tão bom rapaz, bebe uzo demais. Não comer. Venha agora, eu dou a você algum *pastitsio* e pão fresco para ele. Venha. *Ela!* — Ela estava determinada, mas fui educado e firme. Prometi ir à noite com Eugene para uma reunião social juntos.

Eugene estava a caminho da porta e me cutucou nas costelas alegremente enquanto passava.

— Oh, senhor Garth, tão bom rapaz — ele imitou a senhoria. — Você certamente tem jeito com as mulheres.

O envelope não trazia marcas de correio; devia ter sido entregue em mãos com o pacote. Eu o abri cuidadosamente, com receio de que fosse uma "pegadinha". A mensagem no papel estava impressa claramente, sem assinatura. Era em forma de criptograma:

Quando a peregrinação começa
Seu lugar é a Pousada Poseidon.
Espere pela bênção do padre.

Claramente, a "peregrinação" significava o dia 15 de agosto, quando as pessoas de toda a Grécia viajavam para a ilha de

Tinos para serem abençoadas pelo ícone sagrado. A "Pousada Poseidon" ficava próxima ao porto da cidade. Enfiei a carta na caixa com as jóias e a escondi embaixo da cama.

Saí para encontrar Linda e me despedir dela. Os pássaros gorjeavam alegremente na buganvília. A rua, pelo contrário, estava bastante quieta. Caminhei sem pressa sob a sombra dos balcões, enquanto procurava a casa dela. Subi a conhecida curva de degraus em direção ao terraço; ali estava o número 9. Uma mulher idosa varria o calçamento. Ela encostou a vassoura e veio ao portão, com um sorriso quase sem dentes enrugando sua face amarronzada pelo tempo.

— A senhorita Heller está? — perguntei.

Ela franziu a testa; seus pequenos olhos brilhantes me estudaram com desconfiança.

— Não, Linda não estar — respondeu ela. Em seguida, tornou a pegar a vassoura e se afastou. O seu sacudir de ombros me dizia para ir embora, mas eu insisti.

— A senhorita Linda foi embora?

A mulher me respondeu bruscamente, numa voz estalada.

— *Efiege...* Ela partiu.

Eu levantei as duas palmas da mão pra cima.

— *Poo-pas...* Aonde ela foi?

Ela apenas deu de ombros novamente, com uma expressão de indiferença, e voltou a varrer. Desci os degraus me sentindo confuso. Linda não devia pelo menos ter feito a cortesia de me deixar uma carta de despedida?

Capítulo 31

Lá embaixo, no Dubliner, Eugene havia deixado uma mensagem para mim: "Encontre-me na escuna imediatamente". Quando cheguei, ele estava me esperando do lado de fora do barco, na frente do jipe, com Dimitri aninhado no banco de trás. Enquanto ligávamos o motor e dirigíamos para longe dali, Eugene me deu a notícia de que a polícia estava próxima de desmantelar uma rede internacional de roubo de arte em Míconos. A Interpol aparentemente havia sido chamada para o caso dos assassinatos de Bryan e Jacinto e estava interrogando todo mundo nas redondezas.

— E as ânforas?

Dimitri me deu um tapinha no ombro e piscou com malícia.

— Não se preocupe, eu as tirei do estúdio, estão bem escondidas.

Percorremos a estrada de cascalho até sair da cidade, em direção aos moinhos e ao estúdio de Ralston.

— Por que você está vindo para cá? Pensei que você disse que havia tirado as ânforas do estúdio de Ralston.

— Nós tiramos — respondeu Eugene —, mas, enquanto estávamos remexendo nas coisas por lá, descobrimos algo interessante. Aquela mensagem estranha que Ralston escreveu na parede. — Eu havia me esquecido completamente do epitáfio criptografado. — *PANAGIA TA SE FONEISEI:* A Santa mata — disse ele.

— Bem, eu ainda acho que isso significa que ele sabia que estava morrendo enquanto suplicava à Virgem pela cura.

— Não, tem algo mais — acrescentou Dimitri —, algo importante. — Sua voz soava sombria e lenta. Seu rosto calejado estava sério como nunca. Assim que nós chegamos ao chalé, Eugene surrou os freios e os pneus derraparam até parar no cascalho.

Seguimos Dimitri em direção ao moinho, forçamos a abertura da porta e nos precipitamos para dentro.

Ainda se via a mesma bagunça de escombros, garrafas quebradas e mobília, mas alguma coisa estava fora do lugar. Objetos haviam sido mudados de posição, e eu tinha certeza de que algo havia sido removido.

— Você tocou em algo, Dimitri?

— *Ochi*. De jeito nenhum, patrão.

— Bem, alguém esteve aqui. Aquelas barras de alongamento não estavam na cozinha no outro dia.

— Tiras? — sugeriu Eugene.

— Talvez.

Um sentimento gelado começou a me arrepiar. Talvez os policiais estivessem nos observando naquele exato instante. Eu odiava a idéia de estar ali, porque aquele velho lugar ainda me dava arrepios e transmitia más vibrações. Havia algo de diabólico nele. Olhei para fora pela janela, mas não havia nenhum sinal da polícia.

— Então, me mostrem o que vocês encontraram e vamos cair logo fora daqui, cacete — falei.

Dimitri apontou para uma pilha de madeira queimada abaixo do epitáfio rabiscado na parede. Examinando mais de perto as cinzas, pude notar vários crucifixos carbonizados.

— Meu Deus — exclamei, pegando uma das cruzes —, eles também arrancaram as figuras de Cristo.

— Magia negra — murmurou Dimitri, fazendo três vezes o sinal da cruz. — Alguém fez pecado muito ruim.

— Mas por quê? — indaguei, ainda que as pistas estivessem lá, vindo juntas para formar um padrão distinto. Dimitri apontou para o M circulado na parede, acima da inscrição *PANAGIA TA SE FONEISEI*.

— M deve significar Meissner — disse Eugene, completando o nome com seu dedo.

Tentei adotar uma postura cética.

— Pode ser, mas parece um pouco forçado supor uma coisa dessas, não?

— Bem, sabemos que Ralston fez algum trabalho para Meissner, certo? — disse Eugene. — Acho que o velho John estava envolvido em mais do que pinturas.

— O que você quer dizer?

— Acho que nós tropeçamos em um culto... e o seu homem, Meissner, pode ter sido o Alto Sacerdote!

— Ah, vá se foder! — exclamei, rindo. — Você não tem como saber isso. O homem estava louco, então quebrou algumas cruzes. Isso é tudo o que nós sabemos com certeza.

A voz de Dimitri estava cheia de emoção.

— Nós devemos sair deste lugar! Talvez grande mal lá em cima. *Ela*, nós vamos agora.

Eu ri.

— Relaxa, cara. Não há grande mal aqui em cima vindo nos pegar.

— Não sei, não — acrescentou Eugene. — Também não estou com uma sensação muito boa.

O vento uivava mais uma vez pelas frestas nas portas e janelas. Então, de repente, houve uma batida estrondosa. Uma gaivota branca e cinza misteriosamente trombou pela janela e aterrissou no chão de mármore. O pobre pássaro jazia no chão, contraindo-se e sangrando, nos espasmos da morte. Dimitri caiu de joelhos e fez várias vezes o sinal da cruz.

— *Panagia mou!* Você vê... eu dizer a você, mas você não escutar.

— Agora espere um minuto. Vocês, seus merdas, não acreditam de verdade em toda essa besteira.

— Eu não sei — disse Eugene —, mas tudo isso parece um pouco estranho: John perdendo o juízo, essa coisa de culto. Tudo aponta para o sobrenatural.

— ... Por causa de algumas cruzes carbonizadas?

— Bem, que diabos você pensa que ele estava fazendo aqui, um maldito churrasco de lingüiça?

Voltamos para o jipe em silêncio. Tudo o que eu sabia era que nunca mais queria entrar naquele moinho novamente. Qualquer que fosse o segredo mantido lá dentro, era bizarro demais. As rodas do jipe levantaram uma nuvem de poeira conforme giravam com pressa para sair dali. Mas, assim que nós tomamos o rumo da cidade de Míconos, outro veículo apareceu, movendo-se ruidosamente pela estrada em nossa direção. Eugene olhou no espelho e viu que era um carro branco com quatro homens dentro.

— Oh-oh, parece problema.
— Quem é?
— Não sei, mas com certeza vamos saber logo, logo!

Ele afundou o pé no acelerador e o jipe disparou em direção ao cabo, com o carro branco ganhando velocidade atrás de nós.

Virei-me e pude ver o olhar determinado e ameaçador do motorista, como se a sua intenção fosse nos alcançar e nos jogar para fora da estrada. Eugene mudou para a tração nas quatro rodas e saiu para um pedaço aberto no pasto, em direção a uma estrada de terra que levava para cima da ladeira rochosa.

Dimitri parecia bastante preocupado no banco de trás.

— Talvez adoradores satanás. Eles vieram nos matar!

— Cale a boca e relaxe, cara — repreendi, enquanto os pneus alcançavam a superfície rochosa da estrada da montanha, sacudindo o jipe precariamente. Dimitri não me escutou; ele apenas ficava cada vez mais apavorado no banco de trás, de olhos bem fechados, segurando-se no assento.

Enquanto o carro branco se aproximava, as rodas do jipe cuspiam cascalho e pó no pára-brisa da Mercedes. Eugene desviou para uma estrada menor em uma bifurcação — o que acabou sendo um erro, porque a pista terminava num beco sem saída. Em alguns instantes, o carro branco nos alcançou, bloqueando nossa saída.

Quatro homens saltaram para fora com revólveres em punho.

— Não se mexam... fiquem onde estão! — O homem que falou usava uma jaqueta de couro preta e jeans azuis. Reconheci-o imediatamente: era o inspetor Haralambopoulos. — Bem, aqui estamos nós de novo — ele sorriu forçado. Não era bem um sorriso, era mais uma zombaria. — Então, vocês gostam daquele velho moinho de vento, não é? Existem alguns moinhos notáveis nestas ilhas. Vocês estavam dando um passeio?

— Exatamente. Agora quer fazer o favor de largar do meu pé? — eu estava mau humorado. — O que você está fazendo aqui?

Um homem gordo vestindo um blazer azul-marinho, com pinta de oficial, segurou Eugene pela nuca e arrastou-o para fora do jipe.

— O que está acontecendo? O que foi que nós fizemos? — perguntou Eugene.

— Ele é o policial de Atenas — eu o informei.

— Sou o chefe de polícia da ilha de Siros — disse o homem que segurava Eugene, que parou de se debater. A polícia de Siros era a força da lei para todo o arquipélago das Cíclades, então não adiantava fugir. Eles controlavam todos os portos da região.

Depois de nos entregarmos sem resistência, cercados pelos homens de Haralambopoulos, entramos na parte de trás do carro deles. Entreguei as chaves do jipe, e Haralambopoulos deu algumas ordens rápidas aos outros dois policiais. O chefe careca e acima do peso se enfiou dentro do carro, preenchendo metade do banco da frente com sua circunferência. Haralambopoulos espremeu-se ao seu lado, nos encarando de modo ameaçador. Seu rosto estava duro e inexpressivo.

— Temos algumas perguntas para fazer a vocês, meus amigos, e é melhor que vocês tenham boas respostas — disse com voz firme. — É sobre algumas obras de arte roubadas e o assassinato do senhor Richard Bryan.

Eugene e eu nos encaramos, arregalando os olhos. Estávamos fritos e sabíamos que aquele era o começo de um grande problema para nós. Curvamos a cabeça, resignados, tendo em mente que enfrentaríamos uma enxurrada de perguntas, e precisávamos fornecer algumas respostas verdadeiras, se quiséssemos voltar a ver a luz do dia.

Capítulo 32

— Na noite do assassinato de Richard Bryan você estava no Clube Petro's. Sim ou não? Não faça brincadeiras ou você não sai mais daqui.

O inspetor Haralambopoulos estava sentado atrás de uma grande mesa de carvalho, os braços cruzados sobre o peito, olhando para mim com desconfiança. Não havia necessidade de perguntar como ele havia descoberto. Notava-se que era um homem bastante atento.

Comecei a relatar a história para ele, escolhendo minhas palavras com cautela. Apenas os detalhes e fatos mais importantes iriam interessá-lo, mas precisava evitar me incriminar mais do que já havia feito. Descrevi como eu havia perseguido o criminoso, perdendo-o no labirinto de ruas.

— Por que você não foi direto à polícia com essa informação? Meu amigo, certamente você deve compreender a relevância de seu testemunho.

— Tive medo — menti, sabendo que qualquer coisa que eu dissesse pareceria como a mais frágil das desculpas. — Não achei que essa informação pudesse ajudar em nada.

— Você conhecia pessoalmente este rapaz?

Ele empurrou com força uma fotografia de Jacinto sobre a mesa. Na foto, ele estava nu, usando apenas uma guirlanda florida sobre a cabeça.

— E este? — ele estendeu outra foto. Era um retrato de Eric. Parecia ser uma foto de arquivo de polícia, mas podia ter sido tirada de um passaporte. Respondi que eu os havia visto apenas algumas vezes.

— Míconos é uma ilha pequena — afirmei —, é impossível não esbarrar com as pessoas que vivem aqui.

— E Jonathan Ralston? Qual era sua parceria com ele?

— Ralston era um colega. Nós tínhamos um interesse em comum por pintura, só isso.

— E foi esse "interesse em comum" que o levou a invadir seu estúdio?

— Invadir? Não, nós estávamos apenas dando uma volta. Você sabe, relembrando-o, só isso. Foi muito triste que alguém com tanto talento morresse daquele jeito.

Qualquer tentativa de apelar para a simpatia de Haralambopoulos se mostrou inútil.

— Pare com toda essa besteira, senhor Hanson! Nós acreditamos que esse homem, Ralston, estava firmemente ligado a Bryan e Fredericks numa quadrilha que realizava contrabando. Fredericks aguarda uma data para ser julgado por roubo de arte e posse de antiguidades.

Ele pegou um cassetete de couro do alto de um armário e começou a socá-lo contra a palma da mão. Não pude deixar de pensar quantas cabeças haviam sido surradas com aquele pequeno brinquedo horrível.

— Seu amigo, o senhor O'Connor, possui uma escuna? — ele estava tentando me pegar desprevenido.

— Sim, ele faz viagens turísticas. O que tem isso? Seu sócio é grego. Você deve saber que seus papéis estão em ordem.

— Esses cruzeiros de farra incluem excursões de pesca? — ele era esperto. Mantive minha expressão de desconcertada inocência, mas a adrenalina estava latejando e o sangue esmurrava minha têmpora.

— Dimitri freqüentemente sai para pescar. Pelo amor de Deus, ele é um pescador!

— Pescando em Delos, também?

— Por que não? — retruquei. Minha língua parecia um pedaço de algodão na boca. — Os peixes estão por todo lugar no Egeu, não estão? Ele vai aonde quer que eles estejam se movimentando. Às vezes, ele vai a Delos, outras vezes vai a Renia e Tinos. Ele chega a ir até mesmo a Andros, se a pesca for rentável. — Ele pareceu satisfeito com minha resposta; reconquistei a confiança e continuei a enfrentá-lo. — Então, quais são as acusações?

— Acusações? Não há nenhuma acusação. Quer dizer, exceto por uma pequena taxa para assegurar que seu visto está em ordem — ele piscou para mim maliciosamente.

— Sim, claro. Eu devia saber.

Seus lábios abriram-se em um sorrisinho conspiratório.

— Estou na Grécia há tempo suficiente para conhecer as regras — afirmei, enquanto sacava a carteira do bolso do casaco. Tirei duzentos dólares em notas americanas fresquinhas.

— Estou lhe dizendo para ficar longe do moinho, ou você será acusado de invasão ilegal de fronteira.

Ele deu uma pancada com o cassetete em sua mão para enfatizar seu ponto de vista.

— E, lembre-se, a venda de antiguidades gregas pode lhe render mais ou menos dez anos de cadeia — ele avisou, enfiando o dinheiro no bolso.

Capítulo 33

Um vento limpo soprava do sul no dia em que deixamos Míconos. Eu havia convencido Dimitri e Eugene a velejar com a escuna para Tinos. Isso foi um dia antes da peregrinação sagrada, quando todas as balsas estariam entupidas de gregos se dirigindo ao templo da Virgem. Além disso, eu carregava uma carga preciosa e sentia que era mais seguro chegar à ilha sob a escolta protetora de meus amigos.

Tinha completado a cópia do ícone dois dias antes de partir. A reprodução estava danada de boa, e, com o conjunto habilmente confeccionado das jóias, era quase impossível detectar uma falsificação. Até a cobertura de vidro tinha sido arranhada e manchada para dar-lhe a autenticidade do verdadeiro ícone. Eugene e eu estávamos alegres, sabendo que o clímax do negócio se aproximava. Logo eu me encontraria com meu contato em Tinos, entregaria o ícone e pegaria meu dinheiro.

— O que você vai fazer com todo aquele adorável dinheiro vivo quando o pegar? Comprar um iate?

— Tentador, Eugene, muito tentador.

Mas tinha decidido que o melhor era não perder de vista meus objetivos anteriores. Eu precisaria de cada dólar que conseguisse obter para manter minha casa e o negócio da galeria. Se gastasse o dinheiro em futilidades, destruiria todo o propósito de seguir nessa direção. Havia muitos riscos em ter aceitado essa incumbência, talvez mesmo a própria vida.

Eu não podia deixar de pensar nas mortes que havia testemunhado e imaginar que eu poderia ser o próximo. Tudo agora era uma questão de tempo; eu tinha escolhido essa direção e precisava aceitar as conseqüências.

— Não, velho camarada, a idéia é voltar a Sausalito quando tudo estiver terminado. Talvez eu até vá visitar um lugar chamado Coos Bay. Existe uma família lá que eu gostaria de conhecer. — Eu sentia que o mínimo que poderia fazer era usar um pouco do dinheiro para exorcizar o fantasma de Maria Warren.

O litoral de Tinos aos poucos se tornava visível através da neblina da manhã. À distância, os quadrados de casas pastel enfileiradas começavam a se destacar das ladeiras verdes das montanhas. Conforme nos aproximávamos, divisei a famosa agulha da igreja projetando-se como um farol no meio do porto, bem ao lado do declive. Parte da cidade estava à sombra do monumento, mas o brilho do sol parecia refletir o sino cor de marfim da torre de Panagia Evangelistria como uma sentinela.

Não havia como se aproximar do porto sem vê-la, empoleirada regiamente acima dos telhados, no fim da ampla avenida que se estendia do cais até seus portões de ferro.

O porto, encurvado como um caranguejo, estava repleto de barcos. Dimitri teve dificuldade para achar ancoradouro para a escuna, então decidimos ancorar numa das angras próximas. Eu carregava um pacote fechado, com o ícone; combinei de encontrá-los mais tarde na Taverna Palio, próximo à Pousada Poseidon, quando o negócio terminasse. Eles me deixaram no cais; observei a escuna dirigir-se de volta em direção ao mar, pelo labirinto de embarcações que obstruíam a entrada do porto.

O ícone estava a salvo, enfiado em minha mochila pendurada nos ombros. Eu tinha vestido meu jeans esfarrapado e uma velha camiseta do *campus* de Berkeley, para me parecer com um mochileiro vindo ver a procissão da Virgem.

Na Pousada Poseidon, o funcionário da recepção não fez cara de bons amigos quando entrei com meu jeans e barba de dois dias sem fazer. Era um lugar aprazível, limpo e bem-arrumado, e já havia um quarto reservado no nome de Garth Hanson. Mesmo assim, ele ficou me encarando, como se não pudesse acreditar que um cliente tão esfarrapado pudesse pagar pela hospedagem.

Rick Andersen não era de economizar, e o quarto, embora sem luxo, era confortavelmente mobiliado, com uma vista fabulosa para o porto. Abri as grandes portas-balcão, chutei minhas sandálias para longe e deitei numa espreguiçadeira bem forrada. Pensei que podia muito bem relaxar enquanto esperava pela "bênção do padre", ou quem quer que meu misterioso contato fosse.

Devo ter cochilado, porque o toque do telefone me acordou.

— *Oriste.* Quem é? — eu estava um tanto desorientado. Por um momento meus sentidos tinham se entorpecido por ter dormido mais do que devia.

— Hanson? — Não era uma voz grega, isso era claro. Revirei a memória tentando encontrar um rosto que se encaixasse com aquela voz, enquanto ele continuou falando. — Amanhã à noite no parque em frente à igreja. Entregue-o para o padre. — Seu sotaque não era americano. Era uma voz levemente acentuada, um tom leve, quase jovial.

Repeti a mensagem, esperando que ele fosse fornecer sua identidade, mas a voz não me era familiar.

— Estamos observando você — disse a voz ao telefone. — Apenas lembre-se disso.

Capítulo 34

A trilha de peregrinos começou logo cedo. Fui acordado pelos gritos das pessoas nas ruas. O calçadão do porto estava inundado por uma massa de humanos que se agitava para dentro da avenida principal. Do balcão eu assistia a pessoas saindo de carros e barcos carregando macas e cadeiras de rodas; outras, com bengalas e muletas, lutavam para seguir seu caminho em direção ao santuário sagrado da Igreja de Panagia Evangelistria.

Desci para a rua, abrindo caminho com os ombros no meio da multidão. Na avenida, mal havia lugar para se caminhar. Todos se acotovelavam com avidez em direção à alta igreja. À distância, raios de sol refletiam nos prismas do ícone sagrado enquanto ele era carregado em procissão solene. Os diamantes reluziam como faíscas de fogo; o ícone em si era uma visão incrível. Assim que a escolta de padres e guardas se aproximou, as pessoas começaram a chorar e a rezar, cantando liturgias à Virgem e erguendo as mãos em apelo por misericórdia. Havia centenas de anos essa peregrinação era um símbolo da fé na Santa Mãe.

Muitas pessoas circundavam o precioso ícone — muitos padres, guardas e altos funcionários da igreja —, e eu não conseguia imaginar como Andersen e seu bando poderiam ter sucesso no roubo.

"Sem perguntas", ele havia dito, e era assim que eu queria que fosse. Saber qualquer coisa a mais do que eu já sabia era arrumar problema — do qual talvez eu não fosse capaz de escapar. Eu era um mero peão no jogo de Andersen: um empregado, uma ferramenta contratada. Agora que meu trabalho estava terminado, à meia-noite, sob a cobertura da escuridão, eu entregaria a cópia do ícone e o negócio se encerraria.

Fiquei contente ao pensar que tudo terminaria logo. Eu poderia finalmente voltar a viver minha vida normal. Apenas mais algumas horas e eu estaria livre.

Havia uma atmosfera mística na procissão. Os bispos resplandeciam com seus hábitos brancos e a mitra dourada; os padres, em seus hábitos preto e azul-marinho, solenemente balançavam os incensórios perfumados; o ícone sagrado, em seu pedestal de prata entalhada, era sustentado por uma guarda de honra de marinheiros vestidos de branco e soldados com capacetes. Completavam o cenário as multidões de pessoas humildes que tinham vindo a Tinos para venerar com devoção a Virgem Abençoada, procurando o seu consolo.

Eu assistia a tudo com certa reverência, impressionado pelo poder incrível que esse ícone tinha tanto sobre padres como sobre homens do povo. Era um fenômeno verdadeiramente mágico, nada que eu já tivesse experimentado na educação no seminário. Isto era mais poderoso, mais verdadeiro.

Capítulo 35

À noite, depois que a exuberância das celebrações diurnas se acalmaram, parecia haver um silêncio incomum na cidade. A avenida, que tinha sido invadida mais cedo com peregrinos devotos, estava agora deserta e quieta. A cidade de Tinos descansava sob uma lua volumosa; as casas estavam fechadas e escuras, as barracas do mercado cercadas por telas de arame. Apenas alguns gatos desgarrados vagavam pelas ruas vazias procurando por sobras de comida em pilhas de lixo. A torre de Panagia Evangelistria assomava sobre a cidade como uma fortaleza, contra o pano de fundo negro das encostas da montanha. Não havia luzes, exceto os postes da rua. Os prédios brancos do seminário circundavam a igreja como muros de um castelo. E o pesado portão de ferro, com suas figuras de santos em prata, estava cuidadosamente trancado.

Aguardei sob uma árvore grande e velha no pequeno parque diante da igreja. De lá, eu podia ver a torre do relógio, os ponteiros indicando meia-noite. Uma coruja piou de algum lugar nos pinheiros atrás de mim; a distância, um cachorro de terreiro de fazenda latiu. No *playground* do parque, um balanço rangeu, pego pelo vento da noite. Então, escutei passos apressados no caminho de cascalhos.

— Hanson... — sussurrou um homem, vindo em minha direção. Quando ele se aproximou, pude distingui-lo melhor. Era um padre, vestido com um hábito longo de clérigo, ostentando uma barba comprida, com o cabelo preso e usando o tradicional chapéu dos sacerdotes ortodoxos.

— Você está com a obra?

Assenti com a cabeça. Ele acenou para que adentrássemos um local cercado junto da entrada lateral. Ali, abri minha mochila e tirei a cópia. A troca foi feita quase de forma indolor. Estendi-lhe o pacote contendo o ícone; ele me estendeu um envelope com o dinheiro e aguardou enquanto eu rasgava o envelope para verificar o bolo de notas de cem dólares. Contei rapidamente; meus dedos remexeram nervosamente as cédulas. Estava tudo lá — cinqüenta mil, exatamente como ele havia dito. Curioso, observei sua reação enquanto ele examinava minha cópia do ícone.

— Excelente — disse ele em inglês correto; detectei um ligeiro sotaque americano. Ele parecia grego, embora fosse impossível saber ao certo com as sombras escuras que cobriam seu rosto. Antes que eu pudesse observá-lo melhor, ele deu meia-volta e caminhou rapidamente para fora do parque, para o outro lado da rua, em direção à Igreja de Panagia Evangelistria.

O maldito maço de notas estava agora são e salvo em meu bolso, mas eu ainda sentia um vazio inexplicável. Tinha atingido meu objetivo, mas de alguma forma era tudo uma espécie de anticlímax... Havia algo faltando. Essa sensação me motivou a segui-lo. Aproximei-me da igreja cautelosamente; o padre ainda estava à vista, menos de cinqüenta metros à minha frente. Ele escalou com segurança o íngreme lance de escadas que levava para o lado da igreja. A lua cheia apareceu atrás de uma nuvem, iluminando o caminho. A rua e o pátio da igreja estavam desertos. A noite fria e ventilada jazia suspensa no tempo, interrompida apenas pelos assustadores gritos de um cachorro uivando para a lua. Os ventos brandos rangiam através de ramos de eucaliptos oscilantes. Escondi-me atrás de uma grande coluna de mármore para poder observar.

O padre caminhou com naturalidade até um guarda idoso que se encontrava no alto dos degraus, sorriu, disse algumas palavras e então entregou um bilhete ao velho. Assim que este baixou a cabeça para ler, o padre apanhou algo no hábito e rapidamente espirrou em seu rosto. Ele agarrou o homem por trás e tampou-lhe a boca com a mão; em seguida, ouviu-se um grito abafado. O pobre e idoso guarda nunca viria a saber o que o atingiu; ele mergulhou de joelhos e desfaleceu.

Aparentando pavor, o padre rapidamente se moveu para a parede ao sudeste, onde pude ver dois homens em roupas de "operação comando negro" escalando a parede com cordas. Meus pensamentos voaram; será que essa aventura toda era obra de terroristas árabes? Se fosse, eu estava com um problema maior do que pensava.

Uma vez no alto do prédio, os "comandos" pegaram as chaves do velho guarda, abriram as grandes portas de ferro matizadas e arrastaram-no para dentro. Movi-me para um local mais próximo para ver melhor. Uma pequena explosão de luz pôde ser vista por um vitral quebrado. Vi o padre seguir pelo caminho com uma pequena lanterna. Num certo ponto da câmara, um dos "comandos" parou, sacou um par de óculos para visão noturna e os colocou. O padre estendeu-lhe a minha cópia do ícone. Depois disso, o "comando" continuou sozinho, com extremo cuidado para evitar os sensores infravermelhos a *laser* que protegiam o verdadeiro ícone. Esses sujeitos eram completos — tinham até mesmo óculos para identificar *lasers*.

Quando a luz da lanterna apontou para o verdadeiro ícone incrustado de pedras, a câmara inteira se iluminou com claras faíscas de luz refletindo nas paredes e no teto. O interior do recinto dançava em raios de luz e cor enquanto ele tirava seu cinzel e o pressionava entre o ícone e a base que o sustentava. Algumas jóias se soltaram e caíram no chão, conforme o ícone era libertado do pedestal.

O padre rasgou o pacote e deslizou a minha cópia sob os raios de *laser* para o "comando", que rapidamente a pegou e a colocou no pedestal, no lugar do ícone verdadeiro. Em seguida, ele pegou os diamantes caídos, rubis e esmeraldas espalhados sobre o chão de mármore vermelho, e os dois homens de preto saíram da mesma forma como tinham entrado. Corri de volta para me esconder.

Observei-os descer a grade lateral, novamente com cordas e desaparecer na noite. O padre calmamente desceu pela mesma escada a qual havia vindo.

Eu precisava achar Eugene para contar-lhe sobre isso. Encontrei-o na Palio Taverna, próximo da hora de fechar. Mas antes que eu lhe dissesse qualquer coisa, ele já tinha outra notícia...

— Ele está aqui, ele está aqui — disse ele, excitado. — Estava à sua procura. É Meissner... seu iate está bem aqui em Tinos.

— O que? — exclamei.

— Sim, cara, é ele. Eles ancoraram bem ao largo da baía.

Minha espinha se eriçou de euforia. Era esse o elo perdido que eu estava procurando? Teria Meissner algo a ver com todo esse esquema? Nós logo descobriríamos.

— Aluguei um jipe. Vamos dirigir por aí e dar uma olhada melhor — sugeriu Eugene.

— Boa idéia. Vamos verificar isso.

Capítulo 36

A costa da ilha era uma miríade de pequenas angras e baías onde piratas costumavam se esconder ou se refugiar de tempestades. O iate de Meissner estava obviamente escondido numa dessas angras para ficar a salvo dos recifes da costa. Quando nós finalmente o encontramos, ele estava confortavelmente pousado na água, atracado a um velho cais de pedra. Em letras douradas na popa, lia-se seu nome: "*Eva-lin*, Pireu, Grécia".

Não havia dúvida, era o iate de Meissner — até porque, além de tudo, uma bandeira alemã flamulava ao vento, e pequenas luzes penduradas iluminavam o vasto convés. Havia um *varka* na costa; nós subimos a bordo do pequeno barco, o desamarramos e remamos para olhar mais de perto. Conforme nos aproximávamos do iate, podíamos ouvir, pela escotilha de uma das cabines, Meissner falando com alguém. Perscrutei cuidadosamente dentro da escotilha. Meissner parecia nervoso e impaciente; fumava seu cachimbo e andava de um lado para outro sem parar, como se estivesse esperando por algo. Eugene agarrou meu braço para me chamar a atenção.

— Olhe, cara...

Bem na entrada da angra, um barco pequeno vinha contornando o promontório. Ouvi o ruído do motor e enxerguei as luzes de curso vermelhas e verdes sacudindo na água.

— Pescadores ou mais sócios? — perguntei.

Nós nos encolhemos à sombra do iate, tentando nos manter quietos. A luz da proa do pequeno barco passou levemente pela superfície do mar diante de nós, procurando por sinais de vida. Ele parecia chegar cada vez mais perto, até que uma voz gritou dizendo que a barra estava limpa. Depois disso, o barco parou junto à popa. Nós assistíamos curiosamente à cena. Dois homens subiram a bordo, enquanto um terceiro ficou no leme. Era uma pequena embarcação de madeira usada para pesca de mexilhão junto à costa. Mas esses homens não eram pescadores.

Um deles parecia mais jovem e usava camisa e calças pretas. Seu cabelo loiro o traiu, e pude reconhecê-lo imediatamente: era Eric, o empregado doméstico da *villa* de Bryan. Seu companheiro era um padre de chapéu. Sem dúvida, o mesmo padre a quem eu havia entregado o ícone. E, sob o braço, segurava o mesmo pacote de papel pardo que eu havia lhe dado. O vento norte começou a ganhar vida, soprando uma incisiva brisa fresca sobre minha testa. As sombrias águas escuras cintilavam ao luar enquanto nós os víamos amarrar o barco e subir no iate. Houve uma troca de saudações e gracejos quando eles chegaram ao convés. Meissner veio encontrá-los e os conduziu para dentro da cabine principal, sob o convés.

— Nossa, era o Meissner o tempo todo? — sussurrou Eugene.

— Sim, é o que parece — respondi. Nesse momento, derrubei acidentalmente um remo. Ele bateu na água ruidosamente, e um marinheiro no convés olhou atentamente em nossa direção, perscrutando no escuro. Alguns minutos depois, ele aparentemente esqueceu o assunto, acreditando que o som fora produzido pelo bater das ondas. Voltando a olhar pelas janelas da cabine iluminada, nós vimos o movimento: o padre desembrulhou o pacote e pude captar um vislumbre de jóias e brilhantes. Era o magnífico ícone. Meissner o agarrou subitamente da mão do padre e o acariciou com delicadeza, como se fosse um ser vivo. Do lado de fora o vento soprava em rajadas mais fortes. Obviamente outro *meltemi* estava a caminho, ganhando força. De volta à escotilha, vi o homem mais jovem avançar em direção a Meissner. Eles discutiram em alemão; suas vozes era duras e agudas. O padre recuou com um olhar de medo no rosto, enquanto eles continuavam a gritar iradamente um com o outro.

— O ícone é meu. Entregue-o a mim, *Pater*.

— *Pater*... — repeti num sussurro. — Não significa pai em alemão?

Claro, por que não havia pensado nisso antes? Desde a minha primeira visita ao iate de Meissner eu deveria ter percebido a semelhança.

— Ele não tem o direito de ter um filho? — brincou Eugene.

As peças do quebra-cabeça estavam finalmente se encaixando.

Havia um conflito terrível acontecendo dentro da cabine. Meissner gritava, e Eric o atacou. O padre tentou intervir.

— Calem a boca, seus idiotas. Vocês trarão a polícia até nós.

Mas Meissner não ouvia. Ele se libertou do rapaz e subiu até o convés, ainda agarrado ao ícone. O padre tentou segurar o rapaz, mas não era forte o suficiente. O jovem o empurrou para o lado e correu atrás do pai. Nós nos levantamos para ver melhor, pela grade do convés. Meissner rasgou a parte de trás do ícone, enquanto os ventos, cada vez mais fortes, uivavam ameaçadoramente pelo cordame. Eric apareceu no convés segurando um revólver.

Meissner estava ajoelhado, curvado, ainda espreitando as costas do ícone. Um pedaço de pergaminho caiu no convés. Eric aproximou-se por trás dele.

— Se eu tiver que matá-lo, velho, não hesitarei.

— Não... — disse Meissner, em tom de súplica. — O documento não deve parar em mãos erradas. É impensável o que poderia acontecer.

— Você acredita mesmo que vou cooperar com você? — zombou Eric. — Agora, entregue-o para mim.

Meissner parecia desnorteado.

— Depois de tudo o que lhe ensinei?

— A questão não é mais o dinheiro agora. *É o poder!* Agora, me dê o documento.

— Não, Eric. Não. Metade da civilização seria afetada... Não o darei a você!

Mas assim que Meissner terminou suas palavras um tiro ressoou e uma bala o atingiu na testa, espirrando sangue e pedaços de cérebro contra a parede externa da cabine.

Havia uma expressão de choque no rosto de Meissner, que desmoronou no convés como uma marionete cujos fios tivessem sido cortados.

Eric abaixou-se e, delicadamente, arrancou o pergaminho antigo de suas mãos. O padre correu até eles, espantado com a visão do corpo sem vida de Meissner.

— Por Cristo, Eric! Você ficou louco? Nós precisávamos dele para a troca.

— Foda-se o dinheiro... temos ideais mais elevados — disse Eric.

O que nós estávamos testemunhando era como uma cena tirada de *A ilha do tesouro*[7]: homens lutando por uma relíquia sagrada como piratas bárbaros disputando uma arca de tesouro.

— E você... — Eric continuou agitando o revólver em sua mão. — Você também quer morrer?

Eugene me cutucou.

— Ei, que negócio é esse de "ideais mais elevados"?

— Não sei.

— Isso está começando a me incomodar.

— Vamos chegar mais perto — afirmei.

Eric berrou algo em alemão; dois membros da tripulação vieram da parte de baixo do convés e arrastaram o corpo sem vida de Meissner para um compartimento fora de nossa visão. O padre deu dois passos para trás, parecendo preocupado com o próximo movimento de Eric.

— Você já tinha planejado tudo isso, não é, Eric? — disse o padre.

— Muito esperto da sua parte. Agora todos saberão que a história deles é uma mentira e que Marx estava certo: "A religião é o ópio do povo".

---

7 – *A ilha do tesouro* — Romance do escritor escocês Robert Louis Stevenson (1850-1894). (N. E.)

Nada parecia fazer sentido. Que diabos havia de tão importante naquele pergaminho para que se matasse por ele? Que terrível segredo Eric segurava em suas mãos suadas? Nós teríamos que nos aproximar mais se quiséssemos descobrir. Eugene e eu deslizamos para estibordo e saltamos para uma escada lateral que emergia das lonas protetoras da amurada. Enquanto eu subia, pude enxergar rapidamente o conteúdo do velho pergaminho marrom em sua mão esquerda: era um manuscrito em hebraico... Toda essa matança por um velho manuscrito em hebraico?

Eugene me cutucou novamente. Eu me virei para ele, pronto para repreendê-lo por me interromper.

— O que é agora, cacete? — sussurrei.

Mas ele apenas ficou parado com um sorriso tolo, apontando escada abaixo. Virei a cabeça e vi dois homens no fim da escada, em um bote, apontando espingardas para nós.

Capítulo 37

Nós fomos empurrados a bordo do iate sem demora e, uma vez no convés, encontrei o padre face a face.

— Hanson? — indagou ele, olhando fixamente para mim com seus duros olhos azuis. — Seu estúpido de merda...

Finalmente eu era capaz de ver seu rosto, e estava mais surpreso por isso do que por tudo o mais que havia acontecido até então. Mesmo com a barba espessa e o cabelo tingido de preto, eu era capaz de reconhecê-lo.

— Rick? — falei, boquiaberto.

— Você já tinha tudo o que queria, cretino. Deveria ter partido quando teve a chance. Agora eu receio que seja tarde demais.

— Vamos lá, Rick. Você não precisa de mais assassinatos nas costas, precisa? Esse passo em falso é do Eric. Além do mais, ele provavelmente atirará em você, depois de tudo. Você não vê? Olhe para ele.

Os olhos de Eric se arregalaram de raiva. Ele engatilhou seu revólver e o colocou na minha têmpora.

— Você tem uma boca bem grande, não é? Quero vê-la bem aberta agora.

Fiz como ele ordenou, e ele vagarosamente deslizou o aço frio da boca da arma pelo meu rosto, até colocá-lo no fundo da minha boca. Então, chegou mais perto e acertou uma rápida e certeira joelhada na minha virilha.

— Isso deve calá-lo por enquanto — ele riu enquanto caí, curvando-me.

Dois outros marinheiros vieram de baixo e Eric acenou para eles.

— Fiquem de olho, eles podem ter trazido outros.

Eugene continuou remexendo a merda enquanto eu me contorcia de dor no convés.

— Aquele maníaco vai colocar uma bala em você também, Andersen! Para que serve o dinheiro quando se está morto?
— Cale a boca — gritou Eric, vermelho de raiva.
— Se cuide, cara! — provocou Eugene.
Rick estava pensativo; ele sabia que Eugene provavelmente tinha razão.
— Não dê ouvidos a ele — gritou Eric. — Cale a boca, seu porco irlandês!
— Você não vê que o moleque está louco? Ele vai estourar os seus malditos miolos.
O rosto de Eric se tornou diabólico; ele correu, girou sobre o calcanhar esquerdo e acertou um poderoso golpe marcial com o pé direito no pescoço de Eugene. O pobre Eugene caiu com o baque e ficou arfante, tentando recobrar o fôlego.
Rick virou-se para Eric com uma terrível determinação.
— Vamos nos livrar desses dois. — Ele exibiu uma pequena Beretta calibre trinta e dois nas dobras de seu hábito clerical e apontou-a para Eugene.
Então houve um tiro. O pânico me dominou. Eu olhei para ver se Eugene havia sido atingido, mas não: a vítima era Andersen. Ele deixou cair sua arma e tombou sobre os joelhos, rendido. O sangue lentamente gotejava do pequeno ferimento em seu peito. Rick olhou incredulamente para o buraco da bala, como se não fosse verdadeiro. De algum modo, em sua mente deturpada, ele nunca imaginou que isso pudesse acontecer.
— Você atirou em mim, filho da mãe! — ele exclamou para Eric. — Exatamente como eles disseram.
— Não fui eu, seu idiota... — Eric se defendeu, apontando para a costa. — Alguém no cais atirou!
Então, de repente, assim que as últimas palavras deixaram seus lábios, o rugido de fogo de uma metralhadora irrompeu à nossa volta. Todos os quatro marinheiros foram mortos na primeira descarga. Estilhaços e pedaços de chumbo quente voaram

para todo lado, e, como numa guerra, parecia não haver lugar para se esconder. Pensando rápido, engatinhei até o revólver de Rick, mas, tão logo o alcancei, Eric chutou-o de minha mão, lançando-o para longe no convés. Virei-me de costas e vi Eric em pé ao meu lado com seu revólver.

Por um instante, o tempo pareceu congelar; depois disso, eu vagamente me lembro de passos correndo ao longo do cais. Então, mais tiros de metralhadora bombardearam o convés. Eric olhou em volta e atirou freneticamente, com a atenção temporariamente desviada de mim. Mas, quando os tiros pararam, Eric soltou um grito de dor e percebi que ele havia sido atingido. Ele riu para si mesmo quando viu o grande buraco em seu estômago. Parte da parede de seu intestino tinha sido aberta, e suas tripas pulavam para fora. Ele tentou segurá-las, enquanto o pergaminho misterioso deslizava de suas mãos. Uma voz de mulher fez-se ouvir na escuridão.

— O jogo acabou, Eric... desista!

Mas Eric ainda não havia acabado.

— Eu pensei que tinha matado você, sua puta! — ele gritou de volta em agonia, dobrado de dor. Olhou para o pergaminho esfarrapado e escorregou de joelhos para alcançá-lo. O tempo parou novamente enquanto ele o segurou. Então, subitamente ele mudou de idéia, pôs o revólver em seu olho esquerdo e estourou os próprios miolos sobre mim, respingando seu sangue quente em meu rosto. Quando ergui os olhos, vi que o pergaminho escapara de suas mãos. Corri até ele, mas os ventos fortes o sopraram pelo convés do barco. Eugene o viu também e pulou para alcançá-lo, mas errou, enquanto ele continuou a voar. Sentíamos agora uma necessidade urgente de encontrá-lo, esquecendo completamente nossa própria segurança.

— Não deixe que ele escape! — gritei.

Eugene inclinou-se mais uma vez para tentar pegá-lo, mas outra forte rajada soprou-o com força contra a amurada do barco ao meu lado. Estendi a mão, confiante de que enfim o pegaria, mas ele simplesmente voou de novo sobre a amurada, mergulhando nas vastas águas escuras da baía.

Eugene e eu olhamos um para o outro, confusos, enquanto o som de passos e vozes abafadas vinha da rampa de acesso. Nós rapidamente levantamos nossas mãos em rendição, esperando que eles estivessem do nosso lado.

— Rostos no convés — uma voz gritou.

A princípio, achei que fosse um homem vestido em roupas militares cáqui, mas era uma mulher. Seu cabelo comprido estava puxado para trás num rígido coque, e sua face pálida não tinha maquiagem. A pele estava tensa sobre os salientes ossos do rosto, tanto que, na luz artificial, seu rosto parecia quase uma caveira. Não era a linda mulher que eu um dia havia conhecido, mas uma matadora mecânica e impenetrável com uma Uzi aninhada sob o braço. Era Linda.

— Onde ele está? — perguntou ela, apontando a arma para mim.

Eu apontei para a baía.

— Lá embaixo, em algum lugar...

— Você está brincando? — exclamou ela, enquanto dois soldados em roupas de camuflagem se aproximaram no convés. Ela lhes deu algumas ordens em hebraico, e eles pularam por cima da lateral para dentro da água, para procurar o pergaminho.

— Por que esse jeito frio, Linda? Eu achei que nós tivéssemos algo...

— Nós tivemos um dia. Mas você era meu *trabalho*. Nós nunca podemos permitir que sentimentos se envolvam em assuntos profissionais. — Ela deu uma ordem e outros dois soldados nos levantaram pelos cabelos, arrastando-nos para a escada do barco.

— Eu fui um *trabalho*? É tudo o que você tem a dizer, porra? — gritei eu, enquanto os valentões nos empurravam em frente a ela. — Você me fodeu em mais de uma maneira, não é, Linda?

Por alguma razão, ela parecia arrependida.

— Eu tive que fazê-lo, Garth. Tinha que ser mantido em silêncio — defendeu-se ela. — E agora nós vamos ter que nos livrar de vocês.

— Tá certo... E toda aquela merda sobre o "coitado do John" era apenas um artifício para me fazer contar a você sobre as idas e vindas de Meissner, não era? Você sabia que ele estava atrás do manuscrito o tempo todo.

— É isso mesmo — disse ela, envergonhadamente.

— Bem, como eu estou para morrer, você não acha que está na hora de você me dizer sobre o que era aquele papel?

— Suponho que...

— Você *supõe*? Maldição, *diga-me*!

— Ok... era um importante manuscrito perdido do mar Morto. Um documento que poderia ter causado uma crise internacional... — Os homens a interromperam. Eles apontavam para uma Mercedes preta que encostava junto do cais.

— Eu não posso lhe dizer mais... Não estou no comando desta missão. — Ela se virou para um dos homens. — Vá! Amarre-os e leve-os para o carro agora.

Eu estava totalmente confuso; um "manuscrito perdido do mar Morto"? A "missão" não era de Linda? Quem diabos eram essas pessoas e para quem ela estava trabalhando?

No cais nós fomos mandados para o banco de trás do carro, onde um homem mantinha sua arma engatilhada em nossa direção; outro deu partida no carro, que saiu pela estrada de cascalho. Eu os estudei impassivelmente enquanto nós éramos conduzidos, notando que nenhum deles parecia ser grego ou americano. Na escuridão, eles eram simplesmente disformes, cascos escuros, calados e insensíveis.

Assim que o carro freou, cantando os pneus, o cara da arma nos mandou para fora; estávamos próximos à beira de um penhasco. No negro vazio abaixo de nós, ouvi os sons de mau presságio de ondas rangendo nas pedras.

Eugene praguejava e ensaiou uma fuga, mas era muito tarde. Os homens nos haviam encurralado na beira de uma queda escarpada. O pânico me dominou novamente enquanto eu permaneci lá pelo que parecia ser uma eternidade. O cano frio de um revólver foi pressionado contra minha têmpora enquanto eles me viravam em direção à beira. Eu imaginava de que maneira sofreria menos: com uma bala no cérebro ou esmagando a cabeça nas rochas denteadas lá embaixo.

Então, sem aviso, uma agulha atingiu meu pescoço com uma picada aguda, enviando uma sensação quente, entorpecente, por todo o meu corpo.

— Eles querem ter certeza de que vocês estarão fora do jogo para sempre — disse um dos homens.

Eu me senti tão frio e insensível como se já estivesse morto, e tão tonto que mal podia ficar em pé. Vozes e sons se tornaram ecos. Então um golpe me pegou por trás da cabeça, empurrando-me para a frente, e o chão sumiu sob meus pés. Eu me senti mergulhando incontrolavelmente na escuridão. Fragmentos de lembranças começaram a tomar minha mente: imagens celestiais... o lindo rosto de uma santa, uma mulher... o vulto de uma velha igreja bizantina... Diamantes e jóias brilhantes... *O ÍCONE!*

Capítulo 38

Uma luz clara brilhava em meus olhos; eu tinha certeza de que estava morto. Vislumbrei o túnel de luz branca e lutava pra encontrá-lo, mas mãos firmes e gentis me puxaram de volta. Uma pulsação de sangue tamborilava em minhas orelhas; minha cabeça latejava como se alguém tivesse me acertado com uma marreta. Tudo era muito claro. Eu estava com medo de abrir os olhos. Lembrava-me da sensação de queda: um tombo vertiginoso; os pensamentos fragmentados, uma igreja; a voz insultante de uma mulher, "O pergaminho... Você não deve ver o pergaminho..." Minha mente parecia congelada numa cerração narcótica. Eu me lembrava de jóias; uma inscrição sangrenta; cadáveres desmoronando. Era o tipo de coisa que as pessoas lêem ou ouvem a respeito de experiências de quase morte.

Comecei a me mover devagar, vagamente consciente dos sons apavorantes emitidos por minha garganta ressecada.

— Hanson? Acorde.

Quando abri os olhos, vi o rosto marrom e sério do inspetor Haralambopoulos me observando. Atrás dele, uma enfermeira de touca branca observava com ansiedade.

— Tudo bem... você está bem agora.

Tentei me sentar; minha cabeça pesava como um bloco de cimento. Gemi de dor; cada milímetro do meu corpo parecia contundido e quebrado.

— Não se preocupe, Hanson. Você vai ficar bem. Apenas uma concussão desagradável.

— Como cheguei aqui?

Haralambopoulos puxou uma cadeira e sentou-se ao lado da cama.

— Agradeça-nos por ainda estar vivo. Felizmente, meus homens estavam lá para pescá-lo. Você não teve ferimentos sérios. Já seu amigo, O'Connor...
— Eugene! Deus, não... — exclamei.
Haralambopoulos deve ter lido meus pensamentos frenéticos. Ele sorriu de modo tranqüilizador.
— Não se preocupe, o senhor O'Connor está vivo. Um pouco espancado, mas ainda vivo.
— Graças a Deus. Bem, que porra está acontecendo aqui, inspetor? — Ainda havia muitas perguntas em minha mente.
Haralambopoulos acendeu um cigarro; ele parecia orgulhoso.
— Tudo tinha a ver com o ícone, é claro, e para sua sorte nós estávamos nesse caso. Eles queriam que suas mortes parecessem acidentais. Então jogaram o jipe do penhasco e injetaram morfina em vocês dois para ter certeza de que se afogariam. Felizmente, nós os observávamos havia algum tempo. Agora, preciso de um depoimento seu.
— Depoimento? — perguntei, nervoso, esforçando-me para ficar sentado na cama. — Quero falar com o consulado americano primeiro. Quero saber sobre o que era essa maldição toda.
— Relaxe, meu rapaz... você não está sendo acusado de nada. Mas nós precisamos de uma declaração sua para encerrar o caso. Só isso. Do contrário, nós poderíamos conseguir que você fique aqui, se preferir.
Ele me tinha novamente e sabia disso. Cochichou para a enfermeira e ela saiu do quarto. Por um segundo ou dois ele ficou sentado em silêncio ao lado da cama, pensativo, olhando para mim através da névoa azul de seu cigarro.
— Vamos começar com Richard Andersen — ele disse com um sorriso. — Ele o contratou para criar uma cópia do ícone de Tinos. Sim? — Ele procurou por uma reação minha, mas eu não iria esboçar nada. — Ele e *Herr* Meissner eram sócios no contrabando. Planejavam roubar nosso famoso ícone de Tinos. Infelizmente,

seus velhos associados de negócios, Bryan e Fredericks, tiveram a mesma idéia. Isto é, até Meissner ter colocado seu filho, Eric, que eles nunca haviam encontrado antes, no meio deles. Isso tornou fácil seguir a trilha de suas atividades. Que tolos eles foram pelo amor de um jovem e belo rapaz alemão...

Eu me arrumei na cama.

— Sim, mas o que era esse negócio do pergaminho? Não era do ícone que eles estavam atrás, não é?

— Vou chegar lá, se você me deixar terminar.

Ele se levantou da cadeira, andou para a janela e contemplou uma pequena capela no pátio, solenemente. Cruzando as venezianas, os raios de luz angulosos jogavam barras de sombra em seu rosto.

— Você percebe o poder da fé nesse mundo, senhor Hanson? — benzeu-se duas vezes, olhando para a capela. — Você tem alguma idéia do incrível poder que a religião tem sobre as sociedades ocidentais e orientais?

— Certamente. Mas do que você está falando?

Ele se virou para mim com um olhar sério.

— Estou falando de algo que aconteceu há muito tempo, durante as Cruzadas.

— E o que é? — indaguei, cada vez mais curioso, me arrumando na cama.

— Um extraordinário iconoclasta! Um quebrador de imagens da mais sagrada natureza.

O inspetor começou a andar de lá para cá no quarto, nervosamente.

— O papel era um dos pergaminhos do mar Morto, trazidos pelos cavaleiros templários durante a Primeira Cruzada, depois do cerco de Jerusalém, em 1099. Estes não eram cavaleiros quaisquer; eram membros de uma ordem secreta, o Priorado do Sião, uma casta de monges guerreiros que viveu na França. Eram os únicos opositores às regras do papa naquele tempo, e eles tinham achado algo muito importante em suas conquistas, que podia desafiar a autoridade papal para sempre.

— Então, o que está no pergaminho? Qual é o grande mistério?

— Bem, meu amigo, *ele diz que Jesus Cristo não foi crucificado!*

— O inspetor balançou a cabeça em agonia depois de dizer isso. Era obviamente um homem religioso e isso o perturbava profundamente.

— Oh, Cristo! — disse eu, sem perceber que havia dito Seu nome sem pensar. — Bem, como você sabe que isso é mesmo verdade? — indaguei.

— É um fato sabido que os pergaminhos do mar Morto foram escritos e gravados pelos essênios, uma seita judia que viveu em Israel na época de Cristo. Os essênios provaram ser bastante precisos e confiáveis na descrição da vida naqueles tempos. De acordo com estudiosos contemporâneos, o pergaminho nos conta que Jesus era um judeu extremista fanático, capturado pelos romanos, que perceberam que tinham algo como um dilema nas mãos...

— Não pare, por favor... — encorajei-o, impaciente.

— O pergaminho diz ainda que Pilatos sabia da popularidade crescente de Jesus naquele tempo e não queria fazer dele um mártir. Então, permitiu que seus seguidores o tirassem da cruz antes que ele morresse e o levassem para o exílio.

— Mas e sobre seus milagres? — perguntei, abalado.

— Ah, não se preocupe, está tudo lá no pergaminho. Ninguém diminuiu essa parte. Ele apenas diz: *ele não morreu na cruz pelos pecados da humanidade!*

Nesse momento, uma enfermeira abriu a porta e introduziu um cavalheiro bem vestido no quarto. Ele estava com um paletó de *tweed* e trazia um crachá pendurado no bolso do peito. Era meu velho amigo Ian Hall.

— Você já conhece o senhor Hall, acredito? Ele também tem ajudado nesse caso extraordinário.

Ian puxou uma cadeira e acendeu seu cachimbo.

— Ian? Seu filho da... Por que você não me disse que estava envolvido nisso?

— Naquele tempo eu não podia, meu velho. Teria estragado meu disfarce. Uma história muito interessante, não é, Garth? Um conto consumido em intriga.

— Onde você se encaixa nessa história? E o John? — perguntei.

— Bem, sabemos agora que John era um cristão devoto e que pintar ícones era sua atividade preferida. Mas, quando Meissner lhe contou a verdadeira razão pela qual ele estava sendo contratado para fazer o ícone de Tinos, John começou a desabar. Ele não podia aceitar o fato de que Jesus não tivesse morrido na cruz. Ficou cada vez pior, balbuciando a todo mundo sobre um ícone amaldiçoado que continha um terrível segredo. Claro, a maioria das pessoas pensava que ele estava louco. Mas Meissner não podia suportar mais isso, então precisava fazer alguma coisa. Ele enviou John ao nosso bom amigo, o doutor Christofis, que, em vez de lhe dar tranqüilizantes, substituiu-os por doses progressivas de um veneno não detectável chamado ricina, até que ele estava morto.

— Que diabos é ricina? — perguntei.

— Lembra-se de quando os agentes da KGB usavam a ponta dos guarda-chuvas banhada em veneno para matar suas vítimas, dez anos atrás? Era ricina. Ela também causa alucinações e, eventualmente, loucura.

— E onde eu me encaixo nesse maldito pesadelo?

— Simples. Você era o único artista que eles puderam achar para fazer a cópia do ícone no lugar de John. Meissner tinha ouvido falar sobre você e solicitou a Rick que o encontrasse e o convencesse a fazer o trabalho.

— E Eric? Por que ele matou o próprio pai?

— Mal sabia Hans que seu filho era membro de uma nova facção radical alemã chamada RDI. Ah, sim, Eric tinha seus próprios planos para o pergaminho. Eles eram comunistas, e Eric queria expor o mito do cristianismo por todo o mundo, fazendo do pergaminho domínio público. Foi ele também quem matou

Jacinto e Bryan, porque não queria que eles chegassem primeiro ao verdadeiro ícone, utilizando a cópia de Jacinto.

Rastejei para fora da cama, digerindo suas palavras, enquanto vestia o roupão.

— E Maria Warren? Onde ela se encaixa nisso?

— Receio que Maria estava no lugar errado na hora errada. Parece que Eric a confundiu com Linda. Ele sabia que Linda estava atrás do ícone e queria pará-la.

— Mas por que Linda estava envolvida nisso?

O inspetor Haralambopoulos assumiu:

— Sua adorável amiga estava trabalhando para um novo grupo de inteligência criado por Israel e pelo Vaticano. Eles foram todos pegos, mas provavelmente serão soltos da cadeia logo por causa da imunidade diplomática.

— O quê? Você quer dizer que a Mossad e o Vaticano estavam trabalhando juntos?

— Isso mesmo. Os israelenses tinham muito a perder se o pergaminho se tornasse público. As pessoas podiam não acreditar mais no cristianismo, e, se isso acontecesse, poderiam deixar de venerar a Terra Santa, ou Israel, no caso. Seria muito problemático, de verdade. Até mesmo nosso calendário gregoriano estaria errado hoje. Pense sobre isso, pense nas implicações disso tudo: se Jesus não tivesse morrido na cruz, *não haveria ressurreição nem ascensão, o que significaria o fim da Páscoa, que é a base do cristianismo... afinal, "Cristo morreu pelos nossos pecados"*. Eles teriam que mudar todo o maldito sistema novamente. Você sabe os problemas maciços que isso teria criado para o mundo?

— Seria um pesadelo — afirmei. — Agora compreendo por que o papa Inocêncio III eliminou os cátaros em 1209. Era algo que me inquietava fazia muito tempo, mas agora entendi. Obviamente, os cátaros foram mortos porque souberam do segredo do pergaminho quando este foi trazido pelos templários; o papa rapidamente mandou assassinar todos eles!

— Isso possivelmente é verdade — continuou Ian. — E o mesmo vale para nós: ninguém poderia ter posse dele. Por isso, nós tínhamos que achar o pergaminho, onde quer que estivesse.

— Bem, e se eu sair contando essa história às pessoas? — perguntei.

— Vá em frente — replicou Ian, presunçosamente. — Duvido que alguém acreditaria em você, não acha?

— Tem razão. Pensariam que eu estava louco, como John.

— Isso mesmo, meu velho.

— Bem, e o que houve com o pergaminho que voou do convés? Onde ele está?

O inspetor Haralambopoulos pareceu incomodado com minha curiosidade e bruscamente tomou posse da conversa.

— Digamos que está em boas mãos agora.

— Você quer dizer que ele ainda está por aí?

— Senhor Hanson, nós achamos dois mil dólares em sua posse...

— Isso é engraçado. Eram cinqüenta mil quando eu contei na noite passada. — Eu sabia que ele havia embolsado o resto, mas não estava com vontade de discutir. Era o jeito grego de fazer as coisas. Filho da mãe!

Ele me deu um olhar de desaprovação e continuou.

— Se você quiser mais encrenca, meu amigo, estou certo de que nós podemos arrumar para você. Ou, então, pegue seus dois mil e compre uma passagem para casa. Apenas de ida, você entende?

Olhei para Ian em busca de apoio, mas ele desviou o olhar. Não queria envolver-se.

— Sim, entendo. Quanto tempo eu tenho?

— Eu lhe dou três dias. Pegue seus pertences e seu passaporte no cofre do hospital. — O inspetor deu um puxão no ombro de Ian e eles se levantaram para sair. — Você é de muita ajuda, Ian. Lembre-me de agradecer-lhe um dia. — E, voltando-se para mim, disse: — Se eu não estivesse ali para tirá-lo da água, você estaria morto agora. — Ele me deu uma piscada maliciosa e saiu pelo movimentado corredor.

※

Caminhei até a janela e olhei para baixo, para a velha igreja bizantina, com reverência. Comecei a pensar nas reais conseqüências que o pergaminho poderia trazer. Que diferença fazia se Jesus nunca tivesse sido crucificado? Ele era um indivíduo incrível, e seus milagres ainda eram validados pelo pergaminho. Ele verdadeiramente era capaz de curar todas aquelas pessoas, portanto, que diferença fazia se não havia sido crucificado? Eis um homem que pelo menos trouxe algum amor e bondade a este nosso mundo louco, e, só por isso, seu poder nunca diminuiria.

Epílogo

Meu vôo estava marcado para deixar o Aeroporto Internacional de Atenas uma hora antes de o avião de Eugene partir para Dublin. Ele estava sentado em uma cadeira de rodas, com a perna engessada, enquanto tomávamos a saideira no bar do aeroporto. Dimitri havia ido apenas se despedir de nós e aquele era, de alguma forma, um momento nostálgico — três amigos dizendo adeus sem saber quando se veriam de novo.

— Bem, acho que voltamos à estaca zero — afirmei, contando os poucos trocados que haviam sobrado em minha carteira depois que paguei minha passagem.

Eugene tirou sarro de meu desânimo, e Dimitri lhe entregou uma bolsa de mão. Ele fuçou lá dentro e um grande sorriso de merda tomou conta de seu rosto.

— Calma aí — respondeu Eugene, discretamente me mostrando o que havia dentro da bolsa. Quando olhei dentro, notei que havia três pacotes embrulhados individualmente, presos por elásticos.

— Boas notícias, camarada. Dimitri finalmente vendeu alguns daqueles jarros enquanto você estava no hospital.

Ele pegou um dos pacotes e o enfiou no bolso da minha jaqueta.

— Quanto tem aqui? — perguntei, incrédulo.

— Ele vendeu seis jarros por um total de noventa mil.

— Você só pode estar brincando — disse eu, enquanto ele enfiou a mão dentro da bolsa para pegar outro pacote de dinheiro, que colocou no bolso de sua jaqueta de couro preto antes de devolver a mala para Dimitri.

— Agora que você tem grana, o que você fará com ela, cara?
— Acho que vou investir em mim mesmo por enquanto. Talvez voltar a pintar. — Decidi que voltaria a Sausalito e tentaria dar um recomeço à minha carreira. Eu estava cansado de fazer falsificações para outras pessoas; acreditava que poderia voltar ao lugar que deixara e ser o artista dedicado que eu sabia que podia ser.

No sistema de alto-falantes do aeroporto, anunciaram meu vôo. A mão de Dimitri pareceu áspera e cheia de calos ao apertar a minha firmemente.

— *Kalo taxidi*, chefe — seus olhos estavam cheios de lágrimas.

— O que teríamos feito sem você? — comentei, com admiração e gratidão. Ele jogou as mãos para cima naquele gesto tipicamente grego que queria dizer "deixe para lá, sem problema".

Dando-me um beijo em cada bochecha, ele sorriu e se afastou. Virei-me para Eugene, que parecia ridículo e fora de sua personagem habitual sentado naquela cadeira de rodas, lendo o jornal *Hellenic Star*.

— Ei, escute isto aqui, amigo — disse ele. — Aquele tira ferrado não se chamava Haralambopolous ou algo assim?

— É sim, chamava. Que tem ele?

— Bem, aqui diz que ele foi preso, acusado de suborno e corrupção pelo seu próprio departamento. Acontece que algumas daquelas notas que ele pegou de você estavam marcadas.

Eu gargalhei desbragadamente. Parecia que o bom e velho Harambopolous tinha levado o que merecia, depois de tudo.

A luz verde que chamava os passageiros a bordo piscava no meu portão de embarque.

— Bem, acho que por enquanto é só, Eugene, meu velho amigo. Tente ficar longe das encrencas, tá legal?

— Pode ficar tranqüilo, camarada. E aí, que me diz do próximo verão? Dizem que os dólares valem muito em Katmandu.

Sorrimos um para o outro.

— Fala sério. Vejo você em Míconos no próximo verão.

Apertamos as mãos.

Mas, enquanto eu ia para o portão de embarque, ouvi Eugene abordar um grego com cara de saco cheio atrás do bar:

— Tenho uma moedinha aqui — disse ele, jogando-a para o ar. — O que você me diz de jogar "o dobro ou nada", valendo uma dose de uzo?

Este livro foi impresso pela Prol Editora Gráfica
para a Editora Prumo Ltda.